학교, 아이들이 행복한 세상

초판 1쇄 찍은 날 | 2015년 8월 21일
초판 1쇄 펴낸 날 | 2015년 8월 26일

지은이 | 고 병 균
펴낸이 | 최 봉 석
펴낸곳 | 도서출판 해동
출판 등록 | 제05-01-0350호
주　소 | 광주광역시 동구 문화전당로 23(남동)
전　화 | (062)233-0803
팩　스 | (062)225-6792
이메일 | h-d7410@hanmail.net

값 12,000원
ISBN 979-11-5573-034-8 03810

학교,
아이들이 행복한 세상 1

행복학교 만들기 교육 지침서

瑞隱 **문 병 란**(시인, 조선대학교 교수 역임)

고병균 수필가(초등학교 교장 정년)의 교육 이야기 '학교, 아이들이 행복한 세상'의 출간에 즈음하여 축하 겸해서 추천의 글을 장(章)하려 한다.

전라남도 교육청 산하 초등학교에서 교사·교감·교장 37년을 아이들과 함께 행복학교 만들기에 헌신한 꼼꼼하고 재미있는 훈화집이면서 교육 지침서, 문학과 교육의 접목에 의한 탁월한 교육일지이다. 8장 74편의 엽편(葉片) 수필 모음집이지만 참교육을 향한 내용이 수필로 치부하기엔 너무도 고품격의 글이어서 '교육 지침서'로 격상하였다.

간결한 문체, 군더더기 하나 없는 문장, 알맹이만 모아 놓은 정선된 일화나 성취인과 역사적 인물의 그 참된 성공 모델을 제시하여 흥미와 설득력을 아울러 가지고 있어서, 문학 쪽에서 보든 교육 쪽에서 보든 귀중한 책이다.

더구나 이야기의 배경을 그가 몸담아온 초등학교를 기반으로 하였기에 교육 전반에 걸친 지도자의 소양 기르기 길라잡이로서 그 파급

영역이 매우 넓고 다양하다. 우선 교육 행정가를 겸한 교장의 입장에서 교육실천 지침서가 될 수 있고, 교사와 교감, 후원자 학부모 등 사회 구성체 모두에게 좋은 교육의 안내서이면서 교육자적 문학자적 양면에 걸쳐 놀라운 감동 요소를 겸비한 책이다.

우리 역사에서 유명한 위인 세종대왕이나 성웅 이순진에서부터 지혜와 담력의 외교가 서희 등을 골라 거기서 교육적 의의나 교훈을 얻어 내는가 하면, 불운과 싸워 농업 기술에 기적을 일군 우장춘, 장애인, 홈런왕 이승엽에 이르기까지 자기와의 싸움에서 이긴 사람들을 찾아내어 아동들에게 분명한 삶의 목표를 제시하고 꿈을 키우고 있다. 뛰어난 관찰력으로 아동들의 학습관이나 행복관을 그려, 절로 가고 싶은 학교, 행복이 있는 학교, 스승 제자 학부모가 함께 만드는 참교육의 현장 일구기 그 실천궁행(實踐躬行)의 갖가지 방법이 손에 잡힐 듯 아로 새겨져 있다. 그래서 교육지침서이다.

교단 출신 문학가(수필가), 학교를 떠났지만 아동들과 함께 했던 그 행복학교의 교단은 사회로 연장되고 확장되어야 할 것이다.

20세기와 21세기 양 세기를 사는 우리들, 어느 시대보다 물질만능과 과학 전성의 시대에 살고 있다. 그런 만큼 우리가 누리는 행복도 크고 많지만 병폐도 무던히 많은 어려운 시대이다. 여기서 한 교실 한 학교에 국한된 저자의 교육적 역량이 이제는 수필가로서 한 사회 한 국가 한 민족의 운명에까지 그 필력은 성가를 발휘해야 한다. 교단 일지 교육지침서 같은 성장기 아동들의 수련을 넘어 성인 문학의 최고영역인 수필가로서 화려한 새 출발을 알려야 할 것이다.

인생은 선의의 경쟁 속에서 우열이 가려진다. 학교의 우등생이 바로 사회의 우등생이 되는 것도 아니다. 초등학교 교장 고병균에서 수필가 고병균으로 변모해 가는 갈림길에서 이 교단 수필의 의의가 매우 크다. 60대 정년 100세 시대를 배경으로 할 때, 출발점에 선 수필가 고병균의 앞길에는 아직도 많은 도정(道程)이 남아 있다.

더욱 연찬을 거듭하여 학교 밖의 넓은 세상에 대하여 새로이 할 일을 찾으시고 착한 아동들만이 아니라 악한 성인도 많은 21세기 이 땅의 새로운 문학인으로서 사명감 있는 출발이 되기를 바란다.

수필은 영역이 넓고 잡문적 성격을 띠기도 하여 만만하게 보는 사람이 많다. 그 제재도 삼라만상 온 누리를 포용한다. 그러기에 등단도 까다롭지 않고 붓 가는 대로 생각나는 대로 쓴다는 안이한 생각을 하는 사람이 많다.

그러나 좋은 수필 쓰기는 시나 소설이나 희곡과 만찬가지로 어렵다. 우미하면서 화려하지 않고 수수하면서 졸하거나 추하지 않아야 한다. 인생의 체험을 우려내어 상상력이나 예술적 문체로 작품을 만들되, 세상에 대한 문제를 제기해야 한다. 이것이 문학인으로서 수필가 고병균이 감당해야 할 사명이다.

이 고장 더 나아가 전국의 수필 문단에 고병균, 그 이름을 뚜렷이 아로새기길 기원하며, 그 날에 아동들에게 심었던 그 꿈과 이상, 그리고 투철한 목표 의식을 가지고 일신우일신(日新又日新) 매진하기 바란다.

2015년 7월 盛夏에
서은문학연구소에서 서은 문병란 삼가 씀

교직의 지침서로

노형석 교육장 (전라남도함평교육지원청)

우리나라가 경제적으로 세계 10위권의 경쟁력을 갖게 된 것은 교육의 힘이며, 그 중심에는 어려운 환경 속에서도 묵묵히 학생들의 바른 인성과 창의적인 인간 육성을 위해 헌신한 교사들이 있었습니다.

고병균 前 교장 선생님께서는 '교사는 학생들의 마음 밭에 진실의 씨앗, 창의의 씨앗을 심어 꿈과 희망의 열매를 맺기 위해 노력하는 농부'라는 신념으로 1971년부터 37년간 교직에 봉사하셨습니다.

저와 함께 근무했던 1992년 당시에도 학생 작품을 모아 문집으로 발간한 열정 가득한 선생님이셨습니다. 그때의 모습이 지금도 눈에 선합니다.

이 세상에서 가장 강한 사람은 자신을 이기는 사람이요, 가장 현명한 사람은 누구에게나 배우려는 사람이며, 가장 행복한 사람은 지금 하고 있는 일이 가장 중요한 일이라고 말하는 사람이라고 합니다.

어려운 환경 속에서 자신을 이기셨고, 교실수업의 개선을 위하여 꾸준한 배움의 길을 걸어오신 고병균 교장선생님이야 말로 강하고 현명하며 행복한 사람입니다.

동화 '아낌없이 주는 나무'처럼 학생들에게는 사랑의 가르침을, 학부모에게는 자녀교육에 대한 상담을, 교사들에게는 수업 개선에 아낌없이 지원하셨던 선생님께서 퇴임 후에도 교감 시절의 훈화, 학교행사, 편지 등을 모아 '학교, 아이들이 행복한 세상'이란 이름의 수필집을 발간하셨습니다.

책자의 발간에 따른 선생님의 열정과 노고에 존경과 감사의 마음을 담아 축하드리며, 본 자료가 전라남도 초등교육의 발전에 밑거름이 되기를 기대합니다.

신기동 교장 (장흥군 관산남초등학교)

존경하는 고병균 교장선생님!

칠순이라니 믿어지지가 않습니다. 교직을 떠나신 것이 엊그제 같은데 벌써 7년이라는 세월이 훌쩍 지나갔군요.

제가 교장선생님을 모셨던 것이 2년의 짧은 기간이었지만 그때 주셨던 가르침과 열심히 일하면서 쌓았던 경험들이 교장이 되어 학교를 운영하면서도 큰 힘이 되고 있습니다.

제게 있어 교장선생님은 고매한 인품과 투철한 철학을 갖춘 교육 실천가로서, 신실한 신앙인으로서, 동향 선배로서 좋은 본을 많이 보여주셨습니다. 특히 학교교육과정을 빈틈없이 살피시며 아이들이 학교생활이 진정 행복한 세상이 되고 장차 사회에 나가서는 고장을 위해 큰일을 할 수 있는 쓸모 있는 일군을 만들어야 한다며 한결같은 마음으로 애정을 쏟으셨던 모습들을 똑똑하게 기억하고 있습니다. 학교에 일군이 부족하고 여러 모로 장애물이 발목을 잡았었지만 학교 발전을 위해 불굴의 의지로서 노력하시던 모습들이 지금도 눈에 선합니다. 그때의 일을 생각하면 자꾸 나태해지려고 하는 제 자신에게 좋은 채찍이 되고 있습니다.

교장선생님의 생동감 넘치는 교단의 경험담, 고매한 교육철학이 물씬물씬 풍기며 살아 숨 쉬는 듯 감칠 맛 나는 글들을 다시금 접할 수 있는 기회를 주심에 감사드리며 아무쪼록 이 주옥같은 이야기들이 많은 사람들에게 읽혀지기를 기원합니다.

요즘 '선생은 있어도 스승은 없다'고 개탄하는 소리를 많이 듣곤 합니다. 아이들이 말을 안 듣고 부모 간섭이 심해서 선생 노릇 해먹기 힘들다고 투덜거리는 선생님들의 목맨 소리며 학교를 믿을 수 없어서 아이들을 맡기기 어렵다는 학부모들의 투정 섞인 소리도 듣고 있습니다. 도대체 무엇이 문제일까요?

교직에 몸담고 있는 한 사람으로서 나름 열심히 살아왔다고 자부해 봅니다만 요즘 들어 학교가 점점 황폐해져가고 있는 것 같은 불안감을 떨치기 힘들고 괜히 제 자신이 부끄러운 생각이 듭니다.
인성, 효도, 진로, 가정교육이 그 어느 때보다도 강조된다며 이구동성으로 떠들고 있는데 대체 어디에 문제가 있는 것일까요?

교장선생님의 교육 인생이 고스란히 담긴 이 책이야말로 자라나는 우리 꿈나무들은 물론 학부모, 현장에서 수고하고 계신 여러 선생님들에게 큰 감동과 깨달음을 줄 수 있으리라 확신합니다.

어쩌면 요즈음 사람들이 답답하게 생각하고 있는 교육 문제의 근원적인 해답을 찾는데도 도움이 될 수 있겠습니다. 저의 남은 교직기간 가까이 두고 지침서로 활용할까 합니다.

김수길 교장 (영광군 대마초등학교)

선생님께서 어린이들을 위해 살아오신 진솔한 모습이 보입니다. 저도 이렇듯 어린이들을 위해 최선을 다했었는지 반성이 됩니다.

앞으로 남은 기간이라도 열심히 살겠습니다.

장용옥 교장 (영광군 묘량중앙초등학교)

저자의 수필 곳곳에서 교육자로서의 열정이 느껴지고 소박하면서도 학생을 진심으로 사랑하고 최선을 다하는 교직 현장의 모습이 생생하네요. 교직에 대한 긍지와 성실함이 없이는 교단수필로 결실을 보기 쉽지 않은 일입니다.

고병균 교장선생님의 교단수필 발간을 진심으로 축하드립니다.

장이석 교육연구사 (전라남도교육연구정보원)

돌밭과도 같은 학교를 옥토와 같은 학교로 바꾸려고 몸부림쳤던 이야기들이라고 저자 고병균 교장선생님은 말하고 있습니다. 몸부림치며 노력을 하신 결과로 이 나라의 교육이 그나마 이 정도라도 모양새가 갖추어져 있지 않은가 생각해봅니다.

아직도 학교는 돌밭이 많고, 그래서 몸부림 쳐야 할 일도 많습니다. 책에서 말하고 있는 몸부림을 우리는 실천으로 옮겨야 합니다. 그리하여 학교가 세상의 빛이 되고 희망이 되어야 하는 그 길을 선생님의 글에서 찾을 수 있었습니다.

감사드립니다.

이명은 교장 (보성군 벌교여자고등학교)

중고등부 호남협의회를 통하여 장로님을 뵌 지 10년이 넘은 듯합니다.

고 장로님께서 하셨던 많은 일들은 저에게 커다란 가르침이었고, 배움의 과정이었습니다. 장로님의 지난했던 교직생활이 다시금 저에게 가르침을 주고 있습니다.

후배들을 위한 커다란 배려에 진심으로 감사드리며 저 또한 장로님의 숭고한 뜻을 감히 흉내 내어 보겠습니다.

항상 강건하시길 기도합니다.

빛 가운데로 인도하는 삶

내가 처음 부임한 학교의 선생님들 대부분은 하숙집에서 생활하다가 주말이 되면 모두 부모님이 계시는 집으로 갔습니다. 그렇지만 나는 그리 하지 못했습니다.

아버지는 단칸방에서 살았는데, 어린 동생이 넷이나 있어서 몹시 비좁습니다. 이런 형편인지라 한 달에 한번 올라가서 생활비를 드리고는 곧바로 내려옵니다.

어느 해 여름 방학 때입니다. 하숙집에서 빈둥거리고 있는데 아버지의 전갈이 왔습니다. '빨리 올라오라.'는 것입니다. 급하게 올라갔는데, 분위기가 싸늘했습니다.

"쌀이 없다."

참으로 어두운 시절이었습니다.

나이 서른둘이 넘어가는 겨울에 아내를 맞이했습니다. 남의 집 귀한 딸을 데려다가 고생시키면 어쩌나 이런 생각 때문에 늦게야 결혼했습니다. 아내에게는 무척 미안했습니다.

그래도 아이들이 태어났습니다. 고사리 같은 손을 흔들며 "아빠, 잘 다녀오세요." 하는 말을 들을 때에는 행복했습니다. 그런데 잦은

병치레로 고생을 많이 했습니다. 차라리 내가 아팠으면 하는 생각이 들었습니다. 아이들이 입원하면 나는 화투를 치며 놀았습니다. 무의미한 세월이었습니다.

　무더위가 살짝 가신 8월의 어느 날, 해가 뉘엿뉘엿 서산으로 넘어가는 늦은 오후, 집을 향해 터덕터덕 걸어가고 있을 때, '땡 ~' '땡 ~' 교회의 종소리가 들렸습니다. 평소에는 전혀 들리지 아니한 종소리가 그날은 유난히도 크게 들렸습니다. 종소리에 홀린 듯 교회로 가서 맨 뒷좌석에 앉았습니다.

　그날 내 귀에 들렸던 종소리는 어두움에서 벗어나라는 신호였고, 강사의 말씀은 깜깜한 바다 위의 일엽편주와 같은 나의 삶을 안전하게 인도하는 한 줄기 불빛이었습니다.

　신통하게도 이날 이후 아이들이 조금씩 건강해졌습니다. 병원에 가는 횟수가 줄면서 생활도 차츰 안정되었습니다. 이때부터 현장교육연구대회에 참가했습니다. 1986년, 교직에 몸 담은 지 15년이나 지나서 겨우 3등급 상장을 받았습니다. 네 번째 도전에서 받은 꼴찌의 상이었지만 그것이 발전의 시작이었습니다.

　이렇게 해서 어두움에 갇혀 있던 나는 밝고 따뜻한 세상, 생명이 살아 꿈틀거리는 세상으로 나왔습니다. 빛 가운데로 나온 것입니다.

　나는 1971년 득량만의 푸른 바닷물이 찰랑거리는 어촌의 작은 초등학교에서 교직을 시작했습니다. 그 때에는 해가 뉘엿뉘엿 서산으로 넘어갈 때까지 학생들을 가르쳤습니다. 그래도 전혀 힘든 줄을 몰랐습니다. 하나씩 깨달아 가는 아이들을 대할 때 그것이 바로 기쁨이었습니다. 이렇게 봉직한 것이 37년입니다. 그러나 나의 교직생활이 순탄한 것만은 아니었습니다. 도벽이 심한 여학생, 아이들을 몹시도 괴롭히던 남학생 등 다루기에 벅찬 학생을 만난 경우도 있었고, 개성이 강한 학부모가 있는 학급을 담임하는 등 가시밭과도 같은 길을 걸어 왔었습니다.

신기한 것은 이런 어려움에 봉착할 때마다 누군가가 나에게 지혜와 용기를 주어서 그것을 극복할 수 있도록 도와주었습니다. 그 사연들을 끄적거려 글로 써 놓았습니다.

교직을 떠난 지 벌써 7년, 2015년은 나의 칠순이 되는 해, 이제 인생을 정리할 때입니다. 더 늦기 전에 무엇인가 남겨야 한다고 생각되어 흩어진 작품을 모았습니다. 이 중에서 교감으로 근무한 진원초등학교에서의 이야기를 한권의 책으로 엮었습니다.

이 책의 내용은 심오한 교육 원리나 이론을 전개한 것이 아닙니다. 초등학교의 교감으로서 내가 실천했던 교육 사례입니다. '장차 나라와 고장의 발전에 공헌할 유능한 인물로 자라야 한다.'고, '자기 인생을 스스로 책임질 줄 수 있어야 한다.'고, '다소 힘들더라도 참고 견디어 자신의 환경을 개선하자.'고 학생들을 격려했던 이야기, '수업은 영혼이 있는 승부'라고, '아이의 인생은 초등학교에 달려 있다.'고 초등교육의 중요함으로 선생님들에게 강조했던 이야기, 진원초등학교의 추구하는 인간상은 '진실 되고 창의적인 인간'을 배양 하는 것이며 이를 구현하기 위해 일관성을 유지해야 한다고 학부모를 설득했던 이야기입니다.

'진원교육'이란 학교 소식지를 통해 돌밭과도 같은 학교를 옥토와 같은 학교로 바꾸어보려고 몸부림쳤던 이야기입니다.

이 책을 초등학교 학생과 교사, 학부모에게 바칩니다. 장차 나라와 고장의 발전에 공헌할 그날을 바라보며 자신에게 주어진 과제를 충성스럽게 감당하는 성실한 학생에게, 학생들로 하여금 '자기 주도적인 능력의 배양'을 위해 교육하는 무명 교사에게, 자기 자녀가 매사에 진실 되고 창의적인 인물로 성장하기를 갈망하고, 그렇게 가르치는 학부모님에게 바칩니다.

이 책을 발간한 일에 대하여 감사합니다.

앞이 보이지 않을 정도로 암울했던 시절, 어두움의 긴 터널을 지나오기까지 나만을 바라보며 살아온 아내에게 감사합니다. 감당할 수 없을 만큼 어려운 일이 닥쳐도 참아야 할 원인이요, 그것을 극복할 힘의 원천이 되었던 두 딸과 아들에게 감사합니다.

보잘 것 없는 나의 작품을 꼼꼼하게 읽어 주시고 따뜻한 말로 지도해주신 서은(瑞隱) 문병란 교수님과 이 책이 나오기까지 수고를 아끼지 아니한 강상구님에게 감사합니다.

또 이 책의 발간을 축하해준 노형석님(교육장 전라남도함평교육지원청), 신기동님(교장 관산남초등학교), 김수길님(교장 대마초등학교) 장용옥님(교장 묘량중앙초등학교) 장이석님(교육연구사 전라남도교육연구정보원) 이명은님(교장 벌교여자고등학교) 등 여러분들에게 감사합니다.

어두움에 갇혀 있던 나를 환한 빛 가운데로 인도하신 하나님, 나의 삶에 윤기를 더해 주신 그분에게 감사와 영광을 돌립니다.

2015년 8월
고 병 균 (高秉均)

|차례|

제5장 수업, 영혼이 있는 승부

제6장 성공한 사람 따라 하기

제1장

목표를 향해 매진하라

- 목표를 향해 매진하라 수업 - 목표에 매진하기
- 수확의 계절 - 수확할 교육의 열매들
- 작은 친절 - 아름다운 세상을 만든다
- 정직한 인간 육성 - 교육 계획의 성실한 실천
- 창의적인 인간 육성(1) - 학생의 창의성
- 창의적인 인간 육성(2) - 교사의 창의성
- 2003. 추구하는 인간상 - 진실과 창의
- 조이는 교육 - 엄격하게 교육하기
- 뜻을 정하자 - 먼저 해야 할 일

목표를 향해 매진하라

수업 목표에 매진하기

사냥꾼의 목표

미국 인디언의 이야기입니다.

한 추장이 나이 들어 후계자를 선택하려고 아들 셋을 데리고 사냥에 나섰습니다. 추장은 커다란 나무 위에 독수리 한 마리가 앉아 있는 것을 보고 물었습니다.

추장 : "아들아, 저 앞에 무엇이 보이느냐?"

장남 : "아버지, 하늘과 나무가 보입니다."

차남 : "나무와 나뭇가지와 독수리가 보입니다."

실망한 추장은 막내에게 또 물었습니다.

추장 : "막내야, 너는 무엇이 보이느냐?"

막내 : "네, 독수리의 두 날개가 보입니다. 그리고 양 날개의 중앙에 가슴이 보입니다."

추장 : "그 곳을 향해 화살을 당겨라."

막내는 화살을 당겨 독수리를 명중시켰습니다.

이 이야기에서 추장의 후계자는 누가 되었을까요?

하늘과 나무를 바라본 장남입니까? 나무와 나뭇가지 그리고 독수리를 바라본 차남입니까? 아닙니다. 독수리의 가슴을 바라본 막내아들입니다. 그는 사냥의 목표가 무엇인지 분명하게 알았기 때문입니다.

사냥 나온 사람은 사냥에 정신을 집중해야 합니다. 오직 독수리의 가슴만을 보아야 훌륭한 사냥꾼입니다. 경치를 구경하는 사람은 사냥꾼이 아닙니다.

추장은 독수리의 가슴을 바라본 셋째 아들에게만 '독수리의 가슴을 향해 활을 당기라.'고 당부했습니다.

매사에 목표를 인식하는 일이 이렇게 중요합니다.

진원초등학교의 교육 목표

어린이 여러분은 날마다 학교에 나옵니다. 밥을 먹자마자 가방을 둘러메고 학교에 나오는 이유는 무엇인가요?

아름다운 학교 건물과 교실을 보러 오나요? 우리 학교 건물은 지은 지 30년 이상 되어서 매우 낡았습니다. 보잘 것 없습니다. 그러면 친구들을 만나 놀려고 오나요? 놀 수 있는 장소는 학교가 아니어도 얼마든지 있습니다.

공부하러 오나요? 맞습니다. 학교는 공부하는 곳입니다. 장차 성인이 되어 국가와 고장의 발전을 위해 이바지할 있도록 지식을 배우고 기능을 익히는 곳입니다. 좋은 습관을 형성하여 이웃과 더불어 행복하게 살아가는 방법을 습득하는 곳입니다.

사냥의 목표를 분명하게 인식한 셋째 아들처럼 학교에서 생활하는 동안 '무엇을 배울까?' 하는 수업 목표를 구체적으로 인식하고 그것을 향해 매진하기 바랍니다.

수확의 계절

수확할 교육의 열매들

2002학년도의 학년말이 다가옵니다. 가을이 되면 벼를 수확하듯 교육에서도 열매를 거둘 시기입니다.

농부는 벼를 수확하기 위해서 봄에 씨앗을 뿌리고 여름에는 물을 대주고 풀도 뽑아 줍니다. 병충해를 방지하기 위해 농약도 살포하며 땀을 흘립니다.

교사도 가을에 거둘 열매를 생각하며 씨앗을 뿌렸습니다.
학생의 지적 능력을 개발하기 위해 기초·기본 학습 공통과제를 선정 지도하였고, 강인한 체력을 배양하기 위해 아침 운동 오래달리기를 실시하였으며, 건전한 생활 태도를 함양하기 위해 모범 어린이장제를 운영했습니다. 이상은 2002학년도에 진원초등학교에서 심은 씨앗입니다.

교육의 씨앗이 싹트고 잘 자라도록 정기적으로 평가를 실시하며 점검했습니다. 토실토실하고 아름다운 열매가 맺도록 가꾸는 수고를 아끼지 아니 하였습니다.

먼저 기초·기본 학습 공통과제는 국어과에서 문장 읽기와 글씨 쓰기, 수학과에서 기초 계산하기, 영어과에서 대화 문장 말하기 등 4가지의 과제를 선정하였습니다. 과제마다 달성하고자 하는 목표를 분명하게 제시하여 추진했습니다.

국어과의 읽기는 정확한 발음으로 읽기, 의미를 알아들을 수 있도록 띄어 읽기 등의 기초 기능을 습득하게 하는 것이 목표입니다. 국어과 읽기 교과서에서 학년별로 일정한 분량의 문장을 선택하여 집중적으로 지도했습니다.

국어과의 쓰기는 글자본을 보고 정자 쓰기의 기초적인 기능 익히기를 비롯해서 연필을 바르게 쥐거나 바른 자세로 글씨 쓰는 것이 목표입니다. 국어과 쓰기 교과서의 글씨 쓰기 교재를 이용하여 지도했습니다.

수학과의 기초 계산하기는 자연수의 사칙 연산을 정확하고 빠르게 계산하는 능력을 배양하려는 것이 목표입니다. 학년 수준에 따라 출제된 20문항을 10분 이내에 완전히 해결하도록 지도했습니다.

영어과의 대화 문장 말하기는 교육과정에서 정한 낱말을 이용하여 만들어진 대화 문장을 익히는 것이 목표입니다. 각 단원마다 5개 이상의 대화 문장을 추출하여 자연스럽게 구사하도록 지도했습니다.

아침 운동, 오래 달리기는 아침 일찍 등교한 학생들에게 운동장의 트랙을 6바퀴씩 달리게 하는 교육활동인데, 이 거리를 1Km로 환산하여 그 실적을 카드에 기록합니다. 학교에서 제시한 연간 목표 누적 거리는 100Km입니다. 학생들에게 운동하는 습관을 갖게 하면서 동시에 강인한 체력을 기르려는 데 목적이 있습니다.

모범 어린이장제는 자기 몸을 깨끗이 하기, 옷을 단정하게 입기, 학습에 필요한 물건을 스스로 준비하기, 자기 주변을 깨끗하게 정리하기 등 개인 생활 규범을 착실하게 실천하는 어린이를 칭찬하고 그것을 칭찬카드에 기록하였습니다. 그 결과 칭찬 기록이 10회가 되면 학교장 이름으로 모범 어린이장을 수여하면서 격려했습니다. 이는 건전한 생활 습관을 배양하려는 데 목적이 있습니다.

이런 과정을 통해 향상된 지적 능력, 강인해진 체력, 건전해진 생활 태도 등은 교육활동을 통해 수확할 열매들입니다.

이제 그 시기가 도래했습니다. 진원초등학교에서는 수확의 적합한 시기를 놓치지 않으려고 월별로 추진할 행사를 책정해 놓았습니다.

11월 10일부터 실시하는 기초·기본학습 공통과제의 평가도 그 중의 하나입니다. 국어 교과의 읽기와 쓰기 기능, 수학 교과의 기초 계산 능력, 영어 교과의 기본 대화 능력 등 교육의 열매를 수확하려고 합니다.

가을의 햇볕을 받은 과일이 토실토실 여물어가듯 우리 어린이들도 남은 기간 알차게 여물어가기를 원합니다. 끝까지 노력하기 바랍니다.

이렇게 노력하는 학생에게는 '적은 일에 충성하였으니 천국 잔치에 참여하라.'는 축복이 임할 것입니다.

작은 친절

아름다운 세상을 만든다

첫 번째 이야기 <짚 한 뭇>

인도의 한 마을에 매우 큰 부자가 살았습니다. 그 부자는 마을을 위하여 절을 지었습니다. 다른 사람의 도움을 받지 아니하기로 하였고, 절을 짓는데 드는 모든 비용을 혼자 감당했습니다. 절 지을 땅을 희사했으며, 땅을 평탄하게 고르는 일, 목재를 다듬는 일, 기둥을 세우고, 건축하는 일 등 많은 일을 하는 경비를 혼자 부담했습니다.

마침내 절이 완공되어 불공을 드리는 날이 되었습니다. 많은 사람들이 왔습니다. 부자도 좋은 옷을 입고 폼을 재면서 들어와 가장 귀한 자리에 앉아서 불공을 드렸습니다. 불공을 드리는 도중에 부처님에게 절을 짓는 일에 공을 가장 많이 세운 사람이 누구인지 물었습니다. 사람들은 모두 부자가 선택될 것이라고 생각했습니다.

그러나 부처님은 허름한 옷을 입고 한쪽 구석에 앉아서 고개도 들지 못하는 할머니를 선택했습니다. 스님을 비롯하여 모든 사람이 모두 깜짝 놀랐습니다.

"너야말로 내가 힘들고 배가 고플 때, 먹을 것을 주었느니라."

"언제 주었습니까?"

"짐을 싣고 와서 땀을 뻘뻘 흘리는 나귀에게 짚 한 뭇을 주었느니라."

부처님의 말씀이 사람들을 더욱 숙연하게 하였습니다.

두 번째 이야기 <우유 한 잔>

미국의 어느 마을에 20세쯤 되어 보이는 청년이 왔습니다. 더운 날씨에 먼 길을 걸어와서 배가 몹시 고프고 목이 말랐습니다. 청년은 아주 허름한 집을 찾아가서 문을 두드렸습니다. 한 아가씨가 나타났습니다.

"저희 집은 너무 가난해서 책을 살 수 없답니다."

문을 닫으려는 아가씨에게 다급하게 말했습니다.

"저~. 먼 길을 걸어와서 피곤하고 목이 몹시 마릅니다. 물 한 잔만 마실 수 있게 해주세요."

"잠깐 기다리세요."

집안으로 들어간 아가씨는 시원한 우유를 한 잔 가지고 나왔습니다. 청년은 '고맙다.'는 인사를 하고 수첩에 아가씨의 이름을 적어 가지고 떠났습니다.

20년의 세월이 흘렀습니다. 어느 병원에 아주머니 한 분이 구급차에 실려 왔습니다. 그리고 한 달 동안 치료를 받았습니다. 퇴원하는 날이 되어 간호사가 아주머니를 병원장에게 데리고 왔습니다. 원장님은 아주머니에게 청구서를 주었습니다. 청구서를 본 아주머니는 깜짝 놀랐습니다. 치료비가 무려 10,000달러(한국 돈으로 1,200만원에 상당한 금액)이나 되었기 때문입니다. 어찌할 바를 모르고 있는 아주머니에게 원장은 말하였습니다.

"청구서 뒷면을 읽어보세요."

"당신의 치료비는 20년 전에 내게 베푼 우유 한 잔 값입니다."

작은 친절

두 이야기의 공통점은 무엇이라고 생각합니까? 바로 친절한 사람들의 이야기입니다.

힘들게 일하는 나귀에게 짚 한 뭇 주는 일이나, 지나가는 나그네에게 시원한 우유 한잔 베푸는 일이 특별한 것은 아닙니다. 우리들의 일상생활에서 흔하게 일어날 수 있는 일입니다.

이처럼 작은 일이라도 친절을 베푸는 사람에게는 엄청난 축복이 따릅니다.

여러분 모두가 친절하기 바랍니다.

가정에서는 자기의 부모님이나 가족에게 친절하고, 학교에서 선생님과 친구들에게 친절하며, 마을에서는 이웃 사람들에게 친절하기를 당부합니다.

우리가 일상생활에서 일어나는 아주 사소한 일에 친절을 베풀 때 밝고 아름다운 세상은 만들어집니다.

정직한 인간 육성

교육 계획의 성실한 실천

진원초등학교 2002학년도 교육계획의 표지에는 '정직하고 창의적인 인간 육성을 위한 우리 학교 교육 계획'이라 되어 있습니다.

진원초등학교에서 육성하려는 궁극적인 인간상은 '정직한 인간'과 '창의적인 인간'입니다.

오늘은 '정직한 인간'에 관해서만 언급합니다.

'정직하다'란 말의 사전적 의미는 '곧다.', '꾸밈없다.', '거짓 없다.', '올곧다.' 입니다. 따라서 '정직한 인간'이란 우리 어린이들이 일상생활 중에 곧게 꾸밈이나 거짓 없이 올곧게 살아가는 인간이라고 나는 정의합니다.

물질에 정직하기

사람들은 남의 물건에 손을 대지 아니 하는 것을 '정직'이라고 생각합니다. 이런 것을 '물질에 정직하다.'고 말합니다. 대부분의 사람들은 물질에 대하여 정직하려고 하지만 간혹 남의 금품을 도둑질하는 나쁜 버릇이 있는 사람이 있습니다. 복잡한 시장에서 장난감을 훔친다든지 부모님의 지갑에서 돈을 몰래 꺼낸다든지 이렇게 행동할 경우가 있습니다. 이때 바로 지적해서 고쳐야 합니다. 그렇지 않으면 자꾸 커져서 나쁜 습관으로 굳어집니다.

이런 버릇이 생긴 사람은 그 버릇을 고치는 일이 너무 어렵습니다. 따라서 애초부터 나쁜 버릇이 생기지 않도록 지도하는 것이 무엇보다 중요합니다. 이것을 나는 '예방 교육'이라고 정의합니다.

말에 정직하기

어버이날 부모님에게 편지를 씁니다. 그럴 때면 단골로 등장하는 말로 '열심히 공부하겠습니다.' 라고 약속합니다. 이렇게 약속했음에도 지금까지 생활하던 것과 달라진 행동이 보이지 않습니다.

'숙제를 먼저 해야지.'라고 작정했으면 텔레비전에서 재미있는 프로그램이 방영되어도 친구가 불러도 먼저 숙제를 해야 합니다. 이것이 말에 정직한 것입니다.

학교 교육계획을 정직하게 실천하기

진원초등학교에서 목표로 하는 '정직한 인간의 육성'을 위하여 교육계획을 성실하게 실천하고자 노력해왔습니다.

교육 계획에 명시된 대로 일과를 운영하는 것, 달성하고자 하는 교육 목표에 합당한 교육 내용을 선정하여 지도하는 것, 목표를 정확하게 측정하는 평가 등 교육의 과정을 성실하고 거짓 없이 실천하려고 힘써 왔습니다.

2002학년도 얼마 남지 않은 학사 일정을 더욱 성실하게 실천하면 좋겠습니다. 그것이 바로 '정직한 인간 육성'의 본보기가 될 것입니다.

창의적인 인간 육성(1)

학생의 창의성

진원초등학교에서 교육 목표는 '정직하고 창의적인 인간'을 육성하는 것이라고 말했습니다.

오늘은 '창의적인 인간'에 관해 언급합니다.

창의적인 인간의 의미

국어사전에 의하며 '창의'란 '아직까지 없던 일을 새로 생각해 냄 또는 그 의견'이라고 정의되어 있습니다. 따라서 '창의적인 인간'이란 우리가 일상생활에서 사용하는 물건의 불편한 점을 고치고 개선하는 생각, 업무를 추진하는 절차를 간소화하는 제도의 개선, 제품의 질을 높이는 아이디어의 산출 등 우리들의 생활을 보다 편리하고 쾌적하게 변화시키는 새로운 것을 생각해 내는 인간이라고 정의할 수 있습니다.

우리 사회는 창의적인 인간에 의하여 발전하였고, 앞으로도 이런 분들에 의해서 발전할 것입니다. 따라서 진원초등학교에서 '창의적인 인간 육성'을 교육 목표로 설정한 것은 너무나 당연한 일입니다.

창의적인 인간으로 성장하기 위해 지녀야 할 요소는 무엇인가?

요소 1 : 기초적인 지식과 기능

방송국의 아나운서나 성우들이 방송을 합니다. 이들이 하는 말을 듣고 있노라면 장면이 머릿속에 그려지고 나도 모르는 사이에 분위기에 빨려 들어갑니다.

우리가 이런 수준에 이르도록 가르치자는 것은 아니지만 어린이들로 하여금 이런 직업을 갖도록 지도하는 것은 필요합니다.

어느 경우에 말을 빠르게 해야 하며, 어느 경우에 큰 소리로 말해야 할 것인지, 또 어느 부분에서는 강하게 표현하고, 어느 부분에서 부드럽게 표현할 수 것인지 어린이가 스스로 판단할 수 있는 지식과 기능을 지녀야 합니다. 기초적인 지식을 쌓고 기본적인 기능을 터득하는 것이 창의적인 표현의 첫째 요소입니다.

요소 2 : 꾸준한 자기 노력

말하기에 대한 기초적인 지식이나 기능을 갖추었다고 해서 모두 훌륭한 성우가 될 수 있는 것은 아닙니다. 이런 지식과 기능을 바탕으로 꾸준한 노력이 필요합니다.

성우들도 극본을 받으면 자기가 맡은 대사를 몇 번이고 읽어서 외웁니다. 그렇게 했을 때 비로소 자기만의 독특한 표현이 가능해집니다. 우리나라 사람으로 일본에서 활약한 야구 선수 장훈은 투수로서 하루에 3,000번을 연습했다고 합니다. 꾸준한 노력이 바로 '창의적인 인간'으로 성장하는 데 필요한 두 번째 요소입니다.

진원초등학교에서 추구하는 인간상 '창의적인 인간'을 실현하기 위하여 기초적인 지식을 쌓는 교육과 기본적인 기능을 연마하는 교육을 꾸준히 실천하고 있습니다.

창의적인 인간 육성(2)

교사의 창의성

진원초등학교에서 추구하는 인간상은 '정직하고 창의적인 인간'입니다. 어린이들의 창의성을 길러 주기 위해 교사는 무엇을 어떻게 감당해야 하는 것인지 언급합니다.

교육과정의 창의적인 번역

'교육과정의 창의적인 번역'이란 국가 수준의 교육과정을 자기가 담당하고 있는 교육 환경이나 수준에 알맞게 재해석하는 것을 말합니다. 예를 들어 '자연수의 사칙 계산을 능숙하게 할 수 있다.'는 수학과의 교육목표라 해도 학년에 따라 혹은 시간에 따라 그 수준이 달라야 합니다. 교사는 수업 시간마다 가르칠 교육 목표의 수준을 창의적으로 결정할 수 있어야 합니다.

국가수준의 교육과정이든지, 학교 수준의 교육과정이든지 결국 '어린이들이 교육 목표에 도달하였느냐?' 하는 판단은 전적으로 교사의 권한이기 때문입니다.

교육 내용의 창의적인 선정

교육 목표를 달성하도록 그 내용이 교과서에 수록되어 있습니다. 그렇다 해도 교사는 교육내용을 모조리 가르칠 수는 없습니다. 이 중에서 꼭 필요한 것만 취사선택해야 합니다. 이때 교사의 창의성이 요구됩니다.

예를 들면 글짓기에 대하여 수업을 하려면 글의 제재를 선정합니다. 학교생활 혹은 가정생활 중에서 선정할 것인지, 아니면 역사적인 사실 중에서 선정할 것인지 글짓기의 주제에 가장 적합한 제재를 선택해야 할 것입니다. 이것은 오로지 교사에게만 주어진 권한입니다.

창의적인 교육 방법의 개발

교육목표가 타당하고, 교육 내용이 학교 형편에 알맞게 선정되었다 하더라도 그것이 학생들에게 정확하게 전달되지 아니하면 아무 소용이 없습니다. 따라서 교사는 어린이들이 개념을 이해하고 기능을 습득하는 효과적인 지도 방법을 개발해야 합니다.

예를 들어 2학년 학생에게 음표(♩ ♪ ♬)에 관해 지도할 때, '♩'은 '4분 음표'이고 '1박자이다' 이렇게 설명하면 아이들이 모두 알아듣습니까? 절대 그렇지 않습니다. 선생님의 말을 듣고 있어도 알아듣지 못하는 아이가 있습니다. 이때 그 개념을 확실하게 이해하도록 가르치고, 그 기능이 몸에 익혀지도록 지도해야 합니다. _

이런 이유로 초등학교 교사는 교과마다 내용마다 그것을 효과적으로 지도할 수 있는 창의적인 교수방법을 개발해야 합니다.

창의적인 평가방법의 개발

교육의 궁극적인 통제 수단은 평가입니다. 평가의 방향에 따라 교육의 질이 달라지고, 교육목표 도달 정도가 달라집니다. 또 평가는 교육의 한 과정이지만 평가 그것 자체로서 교육이 될 수 있습니다. 그래서 평가 방법이나 내용이 창의적이어야 합니다.

예를 들어 진원초등학교 교육계획에서는 '창의적인 인간 육성'이란 교육 목표를 설정했습니다. 교사는 창의적인 인간이란 어떤 인간을 말하는지 정의해야 합니다. 그리고 그것을 학생들이 이해하도록 번역해야 합니다. 또 글짓기 작품, 그림 작품, 음악 발표, 청소 시간 등 어느 분야에서 무엇으로 평가할 것인지 언제 평가할 것인지 결정해야 합니다.

평가 목표가 달성하고자 하는 교육 목표와 일관성이 있어야 합니다. 이런 이유로 교사는 창의적인 평가 방법을 개발하도록 끊임없이 연구해야 합니다.

결론적으로 학생들을 '창의적인 인간'으로 육성하기 위해서는 창의적인 소양을 갖춘 교사에 의해서 창의적인 방법의 교육이 이루어져야 합니다.

2003. 추구하는 인간상

진실과 창의

대부분의 초등학교에서는 추구하는 인간상을 설정합니다.

진원초등학교에서는 2003학년도 학교 교육계획을 수립하기에 앞서 학부모의 의견을 수렴하여 추구하는 인간상을 설정했습니다.

설문의 내용과 결과

[설문]2002학년도에는 '진실'과 '창의'를 도덕적 덕목으로 선정하여 지도했습니다. 학부모께서는 어떤 덕목이 가장 중요하다고 생각하십니까? 2가지만 적어 보세요.

[응답]학부모 27명이 다음과 같이 응답해 주었습니다.

* '진실 되고 창의적인 어린이'(18명, 33%)를 비롯하여 '자기 일을 주도적으로 실천하는 어린이'(9명, 17%), '용서하고 관용할 줄 아는 어린이'(7명, 13%) 등을 중요한 덕목으로 선택하였습니다.
* '공동체의 이익을 위해 봉사하는 어린이'와 '일상생활에서 창의성을 발휘하는 어린이'(5명, 9%) 등의 덕목에도 관심이 있었습니다.

* '법과 질서를 잘 지키는 어린이'(1명, 2%), '부지런하고 절약하는 어린이'와 '친구들과 잘 어울리는 어린이'(3명, 6%) 등은 상대적으로 중요하게 생각하지 않는 덕목이었습니다.

2003학년도 추구하는 인간상의 설정

이에 따라 2003학년도 진원초등학교의 추구하는 인간상을 '진실 되고 창의적인 인간'으로 설정했습니다.

도덕과의 덕목으로 말하면 '진실'과 '창의'입니다. 이것은 2002학년도에 설정한 추구하는 인간상, '정직하고 창의적인 인간'과 일치합니다. 이렇게 보면 2002학년도 진원초등학교의 교육 방향이 바람직했다고 말할 수 있겠습니다.

진원초등학교의 추구하는 인간상 '진실 되고 창의적인 인간'이 구현하는 노력이 요구됩니다. 이러한 도덕적 가치가 학생들의 가슴에 깊이 새겨지도록 교육해야 합니다.

그런 의미에서 다음과 같이 질문합니다. 이것을 기준으로 삼아 교육하기 바랍니다.
* 진실된 인간이란 어떻게 행동하는가?
* 창의적인 인간이란 어떻게 행동하는가?

학생들을 '진실 되고 창의적인 인간'으로 육성하는 일은 2003학년도에 진원초등학교 교육의 핵심이요, 선생님 모두에게 주어진 소중한 사명입니다.

조이는 교육

엄격하게 교육하기

내가 군 복무할 때, 수송대(주 : 군 병력이나 군용 물품을 실어 나르는 부대)의 벽면에 '닦고, 조이고, 기름치자'라는 구호가 적혀 있었습니다.

자동차가 제대로 움직이고 그 기능을 온전하게 수행하려면 닦고 조이고 기름 치는 일을 게을리 해서는 안 됩니다.

* 닦고 : 자동차의 겉면을 비롯해서 실내, 엔진 주변에 이물질이 끼이지 않도록 잘 닦아내는 것입니다.

* 조이고 : 자동차의 부품 중에서 움직여서는 아니 될 부분을 조여 주는 것입니다. 조일 부분은 꽉 조여 주어야 자동차가 달릴 때 소음이 없고 사고도 나지 않습니다.

* 기름치자 : 자동차의 움직이는 부분은 기름을 쳐주는 것입니다. 엔진오일을 제 때 갈아주어야 부드럽게 움직이고 미끄러지듯 앞으로 나아갑니다.

교육활동에서도 이 원리가 적용되는 것 같습니다. 즉 교육활동을 하면서 '닦아야 할 부분'이 있고, '조여야 할 부분'도 있으며, '기름칠 부분'도 있다는 말입니다.

이 중에서 오늘 강조하는 것은 '조이는' 것입니다. 학교에서 조이는 것이 무엇이고 그렇게 하지 않으면 어떤 문제가 발생하는지 그것을 나열해봅니다.

* 시끄러운 소리가 납니다.

학교에서 조이는 일이란 예절이나 규칙을 준수하도록 지도하는 것입니다. 조용하게 식사하기, 음식물을 남기지 않기, 식판이 깨끗하게 식사하기, 자기가 담당한 구역을 깨끗하게 청소하기, 수업 중에 바른 자세로 앉기, 친구들과 사이좋게 지내기 등 학교에서 반드시 지켜야 할 기본예절이나 규칙을 준수하도록 엄격하게 지도하는 것이 바로 조이는 일입니다.

이런 예절이나 규칙을 준수하지 아니 하면 어떻게 되는가? 소란해지고 급기야 싸우게 됩니다.

* 교육의 효과가 나타나지 않습니다.

자동차에서 조여야 할 부분이 헐거우면 엔진의 동력이 제대로 전달되지 아니 하는 것처럼 선생님의 말씀에 귀 기울이지 아니하면 교육의 효과가 나타나지 않습니다.

운동장에서 선생님이 구령을 붙여도 신발로 땅바닥을 파고 있다든지 그대로 앉아 있다면 교육이 이루어지겠습니까?

'운동장에 쓰레기를 버리지 말자'고 강조하는데, 경청하지 않고, 손을 좌우로 흔든다거나 시선이 다른 곳으로 향해서는 교육의 효과가 나타나지 않는다는 말입니다.

학교에서는 선생님의 말씀에 귀 기울이고, 집에서는 부모님의 말씀에 귀 기울이게 하는 것 그것이 바로 교육에서 조이는 일입니다.

반면 이렇게 하지 아니하면 선생님의 권위가 상실되고, 선생님은 교육할 대상을 포기하게 됩니다. 결국 교육 목표를 달성할 수 없습니다.

* 사고가 납니다.

교육에서 조이는 일이란 사회생활에 필요한 도덕규범을 실천하여 습관으로 형성되기까지 지도하는 일입니다.

자동차의 타이어를 조이지 아니하면 사고를 일으킵니다. 사고 난 다음에는 후회해도 소용이 없습니다. 따라서 사고가 나기 전에 조치를 취해야 합니다.

교육에서도 마찬가지입니다. 학교에 다닐 때 도덕규범을 실천하는 습관을 형성하지 못한 채 성인이 되면 자기 인생을 책임지지 못하거나 범죄에 빠지게 됩니다. 이것이 바로 교육에서 발생한 사고입니다.

이런 사고 역시 나중에 후회해도 소용없습니다. 자동차 사고보다 훨씬 더 치명적입니다. 왜냐하면 그 후유증이 그 사람의 일생을 통해 지속되기 때문입니다.

'세 살 버릇이 여든까지 간다.'는 속담이 있습니다. 따라서 초등학교에 다닐 때, 좋은 습관이 형성되도록 엄격하게 교육해야 합니다. 그것이 바로 조이는 일입니다. 만약 그렇지 아니하면 다른 사람에게 피해를 입히고 국가적으로나 사회적으로 많은 부담을 안겨 줍니다.

어찌 되었건 닦고 조이고 중고기는 일은 초등학교에서도 매우 중요합니다, 이 중에서도 조이는 일은 더욱 중요합니다. 그것을 소홀히 하면 학생의 장래가 불행해지고, 다른 사람에게 피해를 입히는 것은 물론 국가적으로 큰 비용을 부담하게 됩니다.

초등학교에서는 예절이나 규칙을 준수하도록 엄격하게 가르치는 조이는 교육이 매우 중요합니다.

뜻을 정하자

먼저 해야 할 일

어느 여학생 이야기

여학생 "아버지, 나 대학 보내주세요. 호텔을 경영하는 사람이 될
　　　래요."

아버지 "아니, 뭐? 계집애가 무얼 하려고 대학엘 가."

아버지는 대학에 가겠다고 하는 딸의 머리를 쥐어박기도 하고 등을
때리기도 했답니다. 얼마나 많이 맞았던지 팔이 부러졌답니다. 그뿐
만 아닙니다. 딸 교육을 잘못 시켰다고 어머니도 마구 때렸답니다.

하소연하는 여학생에게 목사가 또 질문을 했습니다.

목　사 "대학가는 것 포기할래?"

여학생 "아니요. 절대 포기할 수 없어요. 가난하게 사는 게 이렇게
　　　억울한 데 왜 포기해요. 내가 포기하면 아버지에게 허구한
　　　날 매 맞는 우리 어머니의 눈물은 누가 닦아주겠어요? (입
　　　술을 깨물면서) 절대로 포기하지 않을래요."

팔이 부러진 여학생은 대학수학능력시험을 볼 수 없었습니다. 재

수(고등학교를 졸업한 학생이 대학에 들어가기 위해 다시 공부하는 것)를 했습니다. 주경야독(晝耕夜讀)이란 말처럼 낮에는 아르바이트(일용직 일자리)해서 용돈을 벌고 밤에는 공부를 했답니다. 그러나 날마다 술을 마시고 행패부리는 아버지 때문에 이 여학생은 제대로 공부할 수 없었습니다. 2년째 재수를 하게 되었습니다. 여학생은 이를 악물고 공부를 했습니다. 그러나 대학수학능력평가에 즈음하여 아버지로부터 또 매를 많이 맞았습니다.

3년째 재수하게 되었을 때, 여학생은 기숙사가 있는 회사에 들어가 낮에는 돈을 벌고 밤에는 공부를 하였습니다. 이렇게 공부한 결과 충청도에 있는 어느 대학에 입학할 수 있었습니다.

이 여학생은 아버지에게 매를 맞으면서도 끝까지 공부를 했습니다. 왜 그랬을까요?

뜻이 있어야 공부합니다.

이 여학생에게는 호텔 경영인이 되려는 뜻이 있었습니다.

가난한 것이 서러워서, 날마다 아버지에게 매 맞는 어머니의 눈물을 닦아 주기 위해서 정한 것입니다. 그 뜻을 이루려면 대학에 들어가서 공부해야 합니다. 이런 이유로 공부에 매달렸습니다.

뜻이 있는 사람은 자기가 할 일을 압니다. 그래서 힘들어도 참고 어려워도 견디어냅니다.

각자 뜻을 정하세요. 그것이 먼저 해야 할 일입니다.

제2장

인생은 자기와의 싸움

도전과제

동화 구연하기

대한해협 횡단하기

얼마 전에 TV 프로그램에서, 아시아 경기대회에서 금메달을 획득
한 조오련 수영 선수를 중심으로 연예인들이 대한해협을 헤엄쳐서
건너기 위해 훈련하는 모습을 시청한 적이 있습니다. 그런데 참가한
사람 중에 조오련 선수를 제외하고는 수영 기술이 없었습니다. 더구
나 바다에서 수영하는 것은 수영장에서 수영하는 것에 비해 몇 배의
강한 체력이 요구될 뿐 만 아니라 밀려오는 파도에 두려움을 느끼지
않는 담력도 있어야 합니다. 그래서 수영 기술을 익히고 아울러 체력
과 담력을 키우는 훈련을 단계별로 실시했는데 나는 그것을 시청한
것입니다.

처음에는 풀장에서 숨쉬기, 뛰어들기, 잠수하기 등 수영의 기초 기
능을 익히고, 다음에는 물이 흐르는 한강에서 훈련을 하였으며, 마지
막에는 파도가 잔잔한 바다에 나가 실전과 같은 훈련을 했습니다.

이렇게 1년 정도 훈련한 결과 그들은 수영 기술을 익혔고, 강한
체력과 담력을 지닌 자로 다시 태어났습니다. 그 결과 대한해협의
횡단에 성공한 그들은 서로 끌어안고 기쁨의 눈물을 흘렸습니다.

동화 구연하기

어린이 여러분에게 도전 과제를 부여합니다. 그것은 동화 구연하기입니다. 국어 읽기 교과서에 등재된 동화 1편을 골라 그것을 외워서 구연하는 일입니다. 그것이 어렵겠지만 전혀 불가능한 일도 아닙니다.

이것을 도전과제로 삼고 차근차근 연습하기 바랍니다.

처음에는 한 문장만 외우고, 다음에는 3개나 4개로 된 문단을 외우며 서두르지 않고, 구연하는 양을 점점 늘려가면서 차근차근 노력합니다.

힘이 들더라도 참고, 귀찮더라도 날마다 일정한 시간을 정해 놓고 실천하면 동화구연이 어느 순간 내 손안에 있는 것을 깨닫게 됩니다.

진실 되게 연습하면 그렇게 어려운 일도 아닙니다.

동화구연은 재미있어야 합니다. 어느 대목에서는 목소리를 작고 느리게 읽어야 할 곳이 있고 어느 대목에서는 큰 소리로 빠르게 읽어야 할 곳이 있습니다. 장면이나 분위기를 떠올리면서 자기만의 독특한 방법으로 구연합니다.

엄마나 동생 앞에서 구연해봅니다. 얼마나 재미있게 듣는지 느끼면서 구연해 봅니다. 처음에는 읽으면서 구연하다가 차츰차츰 외워서 구연합니다.

그래서 창의적인 노력이 요구됩니다.

학교에서 도전 과제로 제시한 동화 구연하기는 어렵습니다. 그래서 도전할 가치가 있습니다. 여러분 모두가 도전하여 '자기 인생의 지도자'로 거듭나기를 기대합니다.

통찰력이 있는 사람

외교가 서희

우리나라 역사에 빛나는 인물로 80만 거란의 대군을 물리친 고려 시대의 외교가 서희를 소개합니다.

외교가 서희1)

서희(940 ~ 998)의 본관은 이천(利川). 자는 염윤(廉允). 아버지는 내의령(內議令)을 지낸 필(弼)입니다.

서희는 960년(광종 11) 3월에 갑과(甲科)로 과거에 급제하였습니다. 그 후로 광평원외랑(廣評員外郎)·내의시랑(內議侍郎) 등의 벼슬을 거쳐 983년(성종 2) 군정(軍政)의 책임을 맡은 병관어사(兵官御事)가 되고, 내사시랑평장사(內史侍郎平章事)를 거쳐 태보(太保)·내사령(內史令)의 최고 직에까지 올랐습니다.

그는 외교가로 큰 업적을 남겼습니다.

972년 송나라와 국교를 열었고, 993년 거란이 침입하였을 때에는 적장 소손녕과 담판하여 거란 군을 철수시켰습니다.

---

1) 출처 : http://100.daum.net/encyclopedia/view/14XXE0028321의 내용을 요약하였습니다.

994년(성종 13), 압록강 동쪽의 여진족을 축출하여 장흥진(長興鎭)·귀화진(歸化鎭)·곽주(郭州)·귀주(歸州)·흥화진(興化鎭) 등 강동6주(江東六州)의 성을 쌓아 고려의 생활권을 압록강까지 넓히는 데 크게 공헌하였습니다.

그는 1027년(현종 18)에 성종 묘정에 배향되었고, 시호는 장위(章威)입니다.

소손녕의 부당한 요구

서희가 얼마나 당당했는지 적장 소손녕과 독대하여 나눈 대화를 소개합니다.

'뜰에서 절하라'는 소손영의 부당한 요구에 대하여 서희는 '뜰에서의 배례(拜禮 : 절하는 것)란 신하가 임금에게 하는 것'이라 하며 정중하면서도 단호하게 거절했습니다.

'고구려 땅이 자기 땅'이라는 억지 주장에 대해서도 역사적 사실을 들어 당당하게 대답했습니다.

소손녕 "그대 나라는 신라 땅에서 일어났고 고구려의 땅은 우리가 소유했는데 당신들이 그 땅을 침식하였다."

서희 "우리나라는 고구려의 옛 터전을 이어 받았으므로 고려라 불렀고 평양(平壤)을 도읍으로 삼은 것이다."

소손녕 "고려는 우리나라와 땅을 접하고 있는데도 바다를 건너 송나라를 섬기고 있기 때문에 이번의 공격이 있게 되었다."

서희 "지계(地界)로 논한다면 상국(上國)의 동경(東京 : 곧 遼陽)도 우리 경내에 들어가니 어찌 침식이라 말할 수 있겠는가?"

서희 "압록강 안팎도 우리 경내인데 여진이 그곳에 도거(盜據)해 완악(頑惡)하고 간사한 짓을 하므로 도로의 막히고 왕래하는 어려움이 바다를 건너는 것보다 심하다."

서희 "조빙(朝聘)을 통하지 못하게 된 것은 여진 때문이니 만약에 여진을 쫓아내고 우리의 옛 땅을 되찾게 하여 성보(城堡)를 쌓고 도로가 통하게 되면 감히 조빙을 닦지 않겠는가!"

이처럼 당당한 태도와 조리가 분명한 주장, 겸손하면서도 근엄한 서희는 적장 소손녕을 압도했습니다.

궁금한 것

우리가 명심해야 할 두 가지의 일이 있습니다.

첫째는 소손녕이 왜 무례하고 부당한 요구를 했을까?

소손녕은 아마도 '고려를 힘이 약한 나라'로 생각했을 것입니다. 80만 대군을 이끌고 왔으니 쩔쩔 맬 것이라고 생각했을 것입니다. 사실 고려의 조정에서는 그런 사람들도 있었습니다. 그래서 화친하자고 주장하는 대신들도 있었습니다.

나라의 힘이 약하면 이런 무례한 요구를 받게 됩니다. 이점 명심해야 합니다.

둘째는 소손녕이 왜 싸우지도 않고 물러났을까?

그것은 서희라는 걸출한 인물 때문입니다.

서희는 국제 정세에 대한 통찰력이 있는 사람이었습니다. 그래서 당당한 태도로 조리가 분명하게 주장하여 80만 거란군을 물리쳤습니다.

이렇게 보면 나라의 힘을 강하게 하는 지름길은 실력을 기르는 일입니다. 우리는 거란의 80만 대군을 물리친 서희를 본받아 자기의 실력을 길러야 합니다. 여러분이 그렇게 노력할 때 통찰력을 갖춘 사람으로 성장할 수 있습니다.

불우한 농학자

우장춘 박사

우리나라 역사에 빛나는 인물로 농학자 우장춘 박사를 소개합니다.

우장춘(禹長春)의 어린 시절

우장춘(禹長春, 1898년4월 8일~1959년 8월 10일)[2]은 일본 도쿄에서 태어난 한국의 원예 육종학자입니다.

우장춘의 아버지는 우범선, 어머니는 일본인 사카이 나카(酒井ナカ)입니다.

1895년(고종 32), 우장춘이 태어나기 3년 전에 우리나라에서는 을미사변(주 : 명성황후를 시해한 사건)이 일어났습니다. 그 당시 훈련대 대장이었던 우장춘의 아버지는 이 사건에 연루되어 일본으로 도망쳤습니다. 그러나 우장춘의 나이 5살인 1903년에 암살을 당합니다. 그의 어머니는 혼자의 힘으로 우장춘을 키울 수 없어서 사찰에 맡겼

---

2) 출처 : http://ko.wikipedia.org/wiki/%EC%9A%B0%EC%9E%A5%EC%B6%98의 내용을 요약했습니다.

습니다. 부모의 사랑도 받지 못한 채 어린 시절을 보냅니다.

어린 우장춘은 자신의 불우한 환경을 탓하지 아니하였습니다. 열심히 공부했습니다. 그 결과 18살 되는 1916년 4월 일본에서 가장 우수한 학생이 다니는 동경제국대학 농학실과에 입학했었고, 졸업 후에는 일본 농림성 농사시험장 고원(雇員)으로 취직했었으며 38살 때인 1936년 5월 4일 "종(種)의 합성"이라는 논문으로 농학박사 학위를 받았습니다. 이처럼 우장춘은 실력으로 어려움을 극복했습니다.

우장춘 박사의 연구 업적과 수상 내용

우장춘 박사는 1945년 8월 15일 광복 이후 한국으로 건너왔습니다. 한국농업과학연구소를 창설한 이승만 정부의 부탁을 받아 한국의 식물학과 농학을 이끌었습니다. 채소종자의 육종합성에 성공하였고 벼의 수도이기작(水稻二期作)에 관해 연구하는 등 그 성과는 대단했습니다.

* 바이러스 감염에 취약한 강원도감자를 개량
* 길거리를 아름답게 하는 꽃으로 코스모스 권장
* 일본 재래 배추와 양배추를 교배하여 한국 환경에 맞는 배추 품종 개발
* 제주도 환경에 적합한 감귤 재배 권장
* 페튜니아를 화초로 가꿀 수 있도록 겹꽃 개량종 개발
* 종의 합성이론을 제창 : 현대 유전학 교과서에 소개
* 제주도에서 유채를 재배할 수 있는 계기 제공

이런 업적을 인정받은 우장춘 박사는 상을 받았습니다.
1957년 부산시 제1회 문화상 과학부문상

1959년 대한민국 문화포장

2003년 과학기술인 명예의 전당에 헌액되다.

그의 연구소는 학생들의 수학여행 견학코스가 되었는데, 고무신 차림의 우장춘 박사를 가리켜 '고무신 박사'라고 불렀습니다.

나라 잃은 백성 우장춘

조국 대한민국으로 귀국하여 훌륭한 업적을 남겼지만 그의 일생은 매우 불우했습니다.

일본인 부인과 자녀들을 일본에 남겨두었기 때문에 외롭게 살아야 했었고, 그들에게 한국어 교육을 전혀 시키지 않았기 때문에 정부는 우장춘을 믿지 못했었습니다. 그의 모친이 상을 당했을 때에도 일본으로 가지 못하고 원예시험장의 강당에서 어머니의 위령제를 지내는 등 그 대우가 부당했습니다.

이처럼 우장춘의 일생은 참으로 불우했습니다. 그 원인은 무엇일까? 그가 나라 잃은 백성이었기 때문입니다.

그러면 우리가 이웃 나라로부터 나라를 빼앗기지 아니하려면 어떻게 해야 할까? 먼저 우리나라 대한민국이 강한 나라가 되어야 합니다.

그렇게 하기 위해서 우리가 지금 해야 할 일은 무엇일까? 바로 실력을 기르는 일입니다. 그렇게 하는 것이 바로 자기가 처한 환경을 개선하는 지름길이요, 부강한 나라를 만드는 최고의 방법입니다.

우장춘은 자신의 불우한 삶을 극복하기까지 불평하기 보다는 참고 견디었고, 실망하기 보다는 실력을 길렀습니다.

민족의 영웅

이순신 장군

임진왜란 때, 우리나라를 지킨 수군의 명장 이순신 장군, 민족의 영웅으로 추앙받고 있는 이순신 장군이 왜적과 싸워서 거둔 전적을 소개합니다.

이순신 장군의 주요 전적(戰績)3)

* 1592년 5월 7일(옥포해전) 거제도 옥포에서 왜선 30척을 물리침
* 1592년 5월 8일(적진포해전) 고성군 적진포에서 왜선 13척을 물리침
* 1592년 5월29일(사천해전) 경상도 사천군 앞바다에서 왜선 12척을 물리침
* 1592년 6월 2일(당포해전) 통영도 당포에서 왜선 12척을 물리침
* 1592년 6월 2일(당항포해전) 고성군 당항포에서 왜선 30척을 물리침
* 1592년 7월 8일(한산대첩) 통영군 한산섬 앞바다에서 왜선 73척을 물리침

---

3) 한국의 역사 대관 4, 삼양출판사 1974년 96-102쪽

* 1592년 7월10일(안골포해전) 진해 안골포에서 왜선 40척을 물리침
* 1592년10월 5일(부산포해전) 부산 앞바다에서 왜선 100여척을 물리침

감옥살이 하는 이순신 장군

이렇게 승승장구하는 이순신 장군 앞에서 왜적은 도망치기에 급급합니다. 그러나 이순신 장군은 원균의 모함으로 감옥살이를 하게 됩니다. 이 틈을 노리던 왜군은 배를 내어 원균이 거느린 조선군 함대를 치니, 크게 패하고 원균 자신도 전사합니다.

당황한 선조는 이순신을 풀어주며 벼슬도 주지 않고 나아가 싸우게 하였는데, 이것을 백의종군(白衣從軍)이라 합니다.

'이번에야말로 이순신 장군을 죽일 수 있는 좋은 기회'라고 생각한 왜군은 많은 전선을 이끌고 쳐들어옵니다. 이순신 장군은 이들을 울돌목(진도 앞 바다)으로 유인하고 물살이 매우 급한 시간에 맞추어 왜군과 전투를 벌입니다. 이 전투에서 이순신 장군은 단 12척의 거북선으로 왜선 132척을 물리치는 승리를 거둡니다. 바로 '명량해전'입니다. 45전 45승에 빛나는 이순신 장군의 전적은 여기서 끝납니다.

본받을 민족의 영웅

민족의 영웅 이순신 장군으로부터 우리가 본받을 점이 무엇일까?

* 이순신 장군은 남을 원망하지 아니합니다.

자기를 모함한 원균이나 감옥살이를 시킨 선조 임금이나 자기를 감옥에 보내야 한다고 말한 산하들에게도 원망을 하지 않았습니다.

* 자기가 처한 형편에서 최선을 다해 준비합니다.

이순신 장군이 다시 돌아왔을 때, 훌륭한 장수들이 많이 전사했고, 거북선도 겨우 12척만 남아 있었습니다. 이순신 장군은 이런 상황에서도 불평하지보다는 부서진 거북선을 수리하고, 군사들을 모으며, 왜적이 쳐들어 올 것을 예견하고 전투준비를 철저하게 하였습니다.

 * 질투하는 사람이 있다는 사실을 잊지 말아야 합니다.

이순신 장군은 국가를 위해 혁혁한 공을 세웠습니다. 위태로운 나라를 지켰습니다. 그렇지만 원균과 같은 사람들은 그를 시기하고 모함하여 감옥에 가두고 말았습니다.

우리 주변에는 남이 잘되는 것에 대하여 질투하는 사람이 있다는 사실을 잊어서는 안 됩니다. 자기 주변 사람들과 좋은 관계를 유지하면서도 모함을 당하는 일이 생기지 않도록 항상 주의해야 합니다.

인생은 자기와의 싸움

장애인 두 사람

오늘은 두 사람의 장애인에 대해서 이야기합니다. 이들의 공통점이 무엇인지 찾아보기 바랍니다.

두 팔이 없는 장애인 오순이 학생

오순이(4학년 도덕 교과서 28쪽)는 전국 학생 미술 실기대회에서 명예로운 1등 상을 받은 여고생입니다. 그미는 세 살 때 기찻길에서 놀다가 다쳐서 두 팔을 잃고 말았습니다.

두 팔이 없는데 어떻게 그림을 그렸을까? 오순이 학생의 눈물겨운 이야기는 다음과 같습니다.

오순이 학생은 초등학교 1학년 때 발가락에 연필을 끼워서 글씨를 썼습니다. 너무나 힘들고 고통스러워서 울기도 했습니다. 4학년 때부터는 붓으로 그림을 그리기 시작했습니다. 발가락에 붓을 끼우고 물감을 찍어 그림을 그리는 일은 무척 힘들었습니다. 발가락에 붓을 끼운 채 발을 들고 있으면 다리가 떨렸고, 쥐가 나고, 발가락이 통통 부어오르기도 했습니다.

시각(視覺) 장애인 이종기 사장

이종기 사장은 시각 장애인이지만 세계 최고 품질의 '컴퓨터 조각기'를 제조 생산하는 기업체의 대표입니다.

'컴퓨터 조각기'란 컴퓨터 설계 프로그램을 이용해 철판이나 스테인리스 아크릴 등의 표면에 무늬를 그리거나 구멍을 뚫는 산업용 자동화 기계입니다. 0.01mm의 오차도 허용하지 않는 초정밀 기계, 부품만 해도 250개가 넘는 기계를 초등학교만 졸업한 그가 설계했습니다. 눈이 보이지 않으니 손으로 만져보고 귀로 들어보고 머릿속으로 생각해서 설계했을 것입니다. 그 어려움을 어떻게 표현할 수 있겠습니까?

이종기 사장은 1977년 미국산 컴퓨터 조각기 하나를 얻었습니다. 기계를 분해하여 똑 같은 제품을 만들어 내는 데 6개월이 걸렸습니다. 기계의 원리를 이해하는 데 또 6개월이 걸렸습니다. 이렇게 노력한 결과 1,500만 원짜리 기계를 생산하게 된 것입니다.

두 장애인의 공통점 : 자기 힘으로 해결

두 팔이 없는 오순이 학생은 발가락에 붓을 끼우고 그림을 그리는 것 자체도 무척 어렵습니다. 그렇지만 그림용지를 펼쳐놓고 물감을 푸는 등 준비하는 일과 그림그리기가 끝나고 그것을 정리하는 일도 쉽지 않습니다.

그러나 그림 그리는 일이 즐겁고, 작품을 완성하고 나면 성취감으로 마음이 흐뭇했기 때문에 모든 것을 참고 견딜 수 있었습니다.

이런 모든 일을 자기 스스로 해결했습니다.

시작 장애인 이종기 사장도 기계를 제작할 때에는 잠을 서너 시간만 잤다고 합니다. 그것을 30년 동안이나 계속했습니다. 이런 상황에서 그를 도와줄 수 있는 사람은 아무도 없습니다. 250개가 넘는 부품 하나하나의 크기나 굵기 모양 등을 어떻게 확인할 수 있을까? 아무리 생각해 보아도 상식적으로는 이해할 수 없습니다.

인생은 자기와의 싸움입니다. 오순이 학생이나 이종기 사장은 자신과의 싸움에서 승리한 사람입니다. 장애가 있었기 때문에 그들의 싸움은 더욱 처절했습니다. 그러나 이 싸움에서 이길 수 있었던 원인은 스스로의 노력이었습니다. 노력한 다음에 찾아오는 행복감이었습니다.

이것이 두 사람의 공통점입니다.

스스로 공부할 수 있는 기회, 여름방학

이제 여름방학이 다가옵니다. 날마다 집에서 놀 수도 있고, 가족과 함께 여행도 다녀올 수 있고, 현장학습을 갈 수도 있습니다. 그러나 이번 여름방학을 스스로 공부하는 기회로 선용하면 좋겠습니다.

우리에게 여름 방학은, 자신과 싸움하는 기회입니다. 이 싸움의 목표는 스스로 계획한 것을 실천하는 것입니다. 반드시 성취하는 것입니다. 나 자신 외에 그 누구도 대신할 수 없는 외롭고 힘겨운 이 싸움에서 우리는 반드시 이겨야 합니다. 그것을 극복하기까지 스스로 노력해야 합니다.

무엇을 바라볼까?

온유하고 겸손한 사람

'큰 바위 얼굴' 이야기

나다니엘 호돈의 동화 '큰 바위 얼굴'은 아메리카 인디언의 이야기입니다.

어니스트가 사는 마을에는 몇 개의 바위덩어리가 있습니다. 가까이 보면 커다란 바위가 질서 없이 포개져 있는 듯 보이지만 어느 정도 거리를 두고 보면 마치 사람의 얼굴처럼 보입니다. 신기한 것은 거리가 멀어질수록 그 형상이 뚜렷해지고, 안개나 구름에 싸여 있을 때에는 살아 있는 사람처럼 보입니다.

그 얼굴이 장엄하고 숭고하며, 표정이 온화하고 다정하여 온 인류를 포용하고도 남을 것 같은 사람의 모습입니다.

어니스트는 어려서 어머니로부터 '큰 바위 얼굴과 똑 같은 사람을 만날 수 있다.'는 예언의 말을 들었습니다.

그 후 어니스트는 큰 바위 얼굴을 바라보며 온순하고 겸손한 소년으로 자라갑니다.

이 골짜기에서 태어난 사람으로 돈을 많이 모아 부자가 된 '게더 골드'라는 사람이 나타납니다.

"큰 바위 얼굴과 똑 같다."

사람들이 외치지만, 영악하고 탐욕이 가득 찬 얼굴을 본 어니스트는 '아니다.'고 말합니다.

다시 세월이 흘러 청년이 되었습니다. 이번에는 '올드 블러드 앤드 선더'라는 유명한 장군이 나타납니다. 사람들은 그를 보면서 큰 바위 얼굴과 닮았다고 외칩니다. 그러나 그에게서 큰 바위 얼굴에서 보이는 선량한 지혜와 따뜻한 자애심을 찾아볼 수 없었습니다.

중년이 된 그는 여전히 큰 바위 얼굴을 바라보면서 명상에 잠깁니다. 그는 부지런하고 다른 사람에게 친절했습니다. 이렇게 생활하는 동안 그는 마을의 전도사와 같은 역할을 하게 됩니다.

이 때 뛰어난 말재주로 크게 성공한 정치가 '올드 스토니 피즈'가 나타납니다. 골짜기 사람들은 또 큰 바위 얼굴을 닮았다고 떠듭니다. 그러나 그에게서는 장엄함, 위풍, 신과 같은 위대한 사랑 같은 것을 찾아볼 수 없었습니다.

다시 세월이 흘러 노인이 된 그에게 시인이 찾아왔습니다. 그 시인도 이 골짜기에서 태어난 사람인데, 장엄한 송가로 큰 바위 얼굴을 찬미한 사람입니다. 어니스트는 이 시를 읽으면서 깊은 명상에 잠깁니다. 그리고 이 시인이야말로 큰 바위 얼굴을 닮은 사람일 것이라 생각합니다.

어니스트와 시인이 대화를 하는 중에 해가 집니다. 큰 바위 얼굴은 햇빛을 정면으로 받아 장엄하면서도 인자한 모습을 드러내고 있습니다.

여느 때처럼 어니스트는 동네 사람들 앞에 나아가 이야기를 합니다. 시인은 그의 인간됨과 품격이 자기가 쓴 시보다 더 고상하다고 느낍니다. 그 순간 소리칩니다.

"보시오. 어니스트야 말로 큰 바위 얼굴을 닮았습니다."

사람들은 모두 그를 바라봅니다. 그리고는 시인의 말이 옳다는 것을 깨달았습니다.

무엇을 바라볼까?

어린이 여러분 이 동화의 교훈은 무엇이라고 생각합니까? 돈을 많이 버는 것입니까? 훌륭한 정치가나 군인이 되는 것입니까? 아닙니다. 자기가 태어난 고장을 사랑하는 것입니다.

여러분은 어디에서 무엇을 바라보며 살기 원합니까? 교감 선생님의 생각에는 여러분의 고향, 진원에서 살기를 원합니다. 여러분의 할아버지께서 사셨고, 부모님이 사는 고장, 진원의 아름다운 미래를 바라보며 살았으면 좋겠습니다.

자기 고향에서 '큰 바위 얼굴'을 바라보며 살아온 어니스트처럼 여러분 모두가 온유하고 겸손한 인격의 사람으로 성장하기를 원합니다.

조상의 지혜를 배우는 명절

추석

추석의 유래

금년 9월 12일은 음력으로 8월 15일, 민족의 고유 명절 추석입니다. 오늘은 추석에 관한 이야기를 하겠습니다.

추석은 다른 이름으로 '한가위', '중추', '가배'라고도 부릅니다. '한가위'의 '한'은 '크다'라는 뜻이고, '가위'의 어원은 '가배'인데, '가배'는 '가운데', '갚는다.'는 뜻을 지닌 옛말입니다.

추석은 신라 때부터 전해온 명절인데, 그 유래가 다음과 같습니다.
김부식이 쓴 《삼국사기(三國史記)》 유리이사금 조에 의하면, 왕녀 2인이 각 부의 여자들을 통솔하여 무리를 만들고 7월 16일부터 모여서 길쌈, 적마(積麻)를 하고, 8월 15일에 그 성과의 많고 적음을 살펴 진 쪽에서 술과 음식을 차려 승자를 축하하고 가무를 하며 각종 놀이를 하였는데 이것을 '가배(嘉俳)'라 합니다.
또 중국에서 나온 《수서(隋書)》 동이전 신라 조에는 임금이 이날 음악을 베풀고 신하들로 하여금 활을 쏘게 하여 상으로 말과 천을 내렸다고 쓰여 있습니다.

추석에는 다양한 놀이가 전승되는데 호남 남해안 일대에서 행하는 강강술래, 소싸움, 닭싸움, 거북놀이, 가마싸움 등이 있습니다.
또 《동국세시기》라는 책에는 추석 음식으로 송편을 소개하고 있습니다. 솔잎을 깔고 쪄내기 때문에 이름을 송편이라 하고 '송편을 예쁘게 잘 빚어야 시집을 잘 간다'는 속담도 있습니다.

우리나라의 명절 중 추석은 계절적으로 가장 좋은 시기입니다. 올해는 9월 10일부터 12일까지 추석명절로 공휴일입니다. 13일(토)은 가정 체험학습, 14일은 일요일입니다. 추석 명절 연휴 5일 동안에 무엇을 배울 것인지 생각해 봅니다.
추석날 전해오는 풍습으로 추석날 2, 3일 전에 조상의 묘를 찾아 벌초하는 것, 추석날 아침 일찍 새 옷을 입고 햇곡으로 빚은 송편, 햅쌀밥, 술, 과일을 차려 차례를 지내는 것, 그리고 조상의 묘를 찾아 성묘하는 것 등이 있습니다.
특히 추석날 산소에 가서 제사 지내는 풍습이 있는데, 이것을 호남 지방에서는 '올벼심리', 영남 지방에서는 '풋바심'이라고 말합니다.

추석 행사를 통해 삶의 지혜 배우기
추석날을 왜 음력 8월15일로 정했을까? 여자들은 왜 길쌈을 했는지, 남자들에게 활쏘기 대회를 한 이유는 무엇인지 생각해 봅시다. 그리고 이런 활동이 오늘날과 어떻게 다른지 살펴봅시다.

추석이 되면 사람들이 매우 바쁘게 움직입니다. 이런 과정에서 어떻게 경제 활동이 이루어지는지 살펴봅시다.

어린이 여러분의 수준에서 참여할 수 있는 경제활동은 무엇인지 알아보는 것도 중요합니다.

멀리 떨어져 살던 친척들이 모입니다. 추석 전 날 가족들이 들러 앉아 송편을 빚으면서 정담을 나누는 것, 추석 날 아침 차례를 지내는 것, 조상의 묘를 찾아가 성묘하는 것 등 추석 명절에 이루어지는 풍습을 익힙니다. 의례나 행사를 어떻게 준비하고 진행할 것인지 부모님과 의논하는 것도 좋습니다.

찾아오신 친척들과 사이좋게 지내고, 기분 좋은 마음으로 돌아가게 하려면 어떤 노력이 필요한지도 알아보고 적극 실천합니다.

진원초등학교 어린이와 선생님,

금년 추석에는 '더도 말고 덜도 말고 한가위만 같아라.' 는 속담처럼 풍성하고 즐거운 명절, 아름다운 추억을 만드는 명절, 삶의 지혜를 배우는 의미 있는 명절이 되기를 희망합니다.

스스로 하는 공부

진짜 공부 진짜 실력

'스스로 공부하는 아이가 21세기를 지배한다.'(한국교육개발원. 2002) 는 책에서는 '스스로 하는 공부'가 진짜 실력이라고 주장합니다. '하나를 알아도 제대로 아는 것이 중요하다.'고 강조하면서 '공부를 잘한다. 것은 무엇을 의미하는지 공부하는 두 가지 유형에 대해 비교하여 설명하고 있습니다.

유형 1 퀴즈풀이식 공부

퀴즈풀이식 공부는 퀴즈 문제로 나올만한 단편적인 사실을 매우 폭넓게 섭렵하는 것입니다. 이렇게 공부하는 사람은 모르는 게 없는 것처럼 보입니다. 그야말로 박학다식입니다.

이러한 공부 방식은 객관식 문제를 푸는 데 위력을 발휘하며, 대학 수학능력시험에서는 성적이 좋게 나올 수도 있습니다. 특히 족집게 과외는 대체로 이런 유형으로 공부를 시킵니다.

여기에는 커다란 함정이 있습니다. 퀴즈풀이식으로 학습하면, 얻은 지식이 자칫 얕은 수준의 잡다한 것들을 넘어서지 못할 가능성이 큽니다. 예를 들면 임진왜란이 언제 일어났는지, 중요한 의병장이 누구인지는 압니다. 그러나 임진왜란의 역사적 배경이나 이후의 사회적 귀결 등에 대해서는 얼버무리기 일쑤입니다. 즉 아는 것은 많은데, 맛보기 정도에 그쳐서 정작 어떤 주제에 대하여 깊이 알거나 정확하게 아는 것이 별로 없습니다.

이들을 '똑똑한 바보'라고 주장합니다.

유형 2 탐구 또는 문제풀이식 공부

이것은 넓은 분야를 섭렵(涉獵)하기보다는 관심 있는 한 분야를 집중하여 탐구하고, 궁금증이 다 풀린 후에야 다른 분야로 이동하는 것입니다. 이러한 방식으로 공부하는 학생은 '왜'라는 의문을 가지고 접근하고, 그 답을 찾을 때까지 그 문제에 몰두합니다.

이러한 공부는 지적 호기심 즉 궁금한 게 있어서 공부한다는 것입니다. 그리고 '궁금증이 속 시원하게 풀릴 때까지'라는 자기 스스로 정하는 목표가 생깁니다. 그래서 한 가지 문제를 가지고 씨름을 합니다. 자신이 직접 만들어보고, 찾아가 보고, 실천해보고, 확인해보는 등 끊임없이 노력하고, 목표가 달성되게 되면 스스로 성취감을 느끼게 됩니다.

즉 스스로 하는 공부는 선생님이나 부모님의 칭찬보다는 자기의 욕구를 성취함으로써 느끼는 만족감에 보상을 받습니다.

이렇게 공부하는 것이 좋은 공부 습관이라고 주장합니다.

스스로 하는 공부

결론적으로 공부를 잘한다는 것은 부모가 시켜서 하는 공부가 아니라 스스로 하는 공부입니다. 외적인 보상을 바라고 하는 것이 아니라 자신의 내면적인 만족을 위해서 하는 공부, 짐이 되는 공부가 아니라 즐겁게 하는 공부, 그래서 자기가 배운 것을 삶 속에서 되살려 낼 수 있는 공부, 이렇게 공부할 때 '공부를 잘한다.'라고 말합니다.

한 마디로 스스로 하는 공부가 '진짜 공부'요 '진짜 실력'입니다.

진원초등학교에서는 스스로 공부하는 기회를 제공하고 있습니다. 동화 구연하기와 영어 명작 동화 구연, 가창발표대회와 필수악기 연주대회, 미술 작품전시회 등 교과 활동에서 추진하는 행사와 운동회, 소풍, 야영·수련활동, 학예발표회 등의 특별활동에서 추진하는 교육 행사를 통해 어린이들이 스스로 기획하고 연습하고 발표하도록 기회를 제공합니다. 그리하여 스스로 공부하는 좋은 습관이 형성되도록 돕고 있습니다.

이렇게 추진한 결과 영어 명작 동화 1편을 완전히 구연한 학생이 있었습니다. 5학년 신의용, 4학년 신원명 형제와 2학년 임유빈 학생입니다. 이들은 여름방학을 마친 후에 전교 학생들이 지켜보는 앞에서 구연했습니다. 이들 학생에게 뜨거운 박수를 보냅니다.

체험학습 보고서

임유빈의 방학 과제물

9월 3일은 방학 과제물의 전시 작품을 심사하는 날입니다.

작품 전시회와 자랑 발표회는 여름방학을 시작하기 전에 학생들에게 주지하였고 가정통신문으로 만들어 학부모에도 미리 통지했습니다. 이는 7차 교육과정에서 강조하고 있는 자기 주도적 학습 능력을 길러주기 위한 것으로, 학습할 영역의 선택, 목표의 설정, 실천 방법의 모색 등을 학생들이 스스로 결정하게 함으로써 자신을 통제하는 좋은 습관을 갖도록 기회를 제공하려는데 목적이 있습니다.

진원초등학교에서는 작품을 심사할 때, 먼저 학생들로부터 작품에 대하여 설명을 들었습니다. 이렇게 하는 데에는 두 가지의 뜻이 있습니다. 교사에게는 작품을 제작하는 과정이 자기 주도적이었는지 판단하는 증거를 수집하는 것이요, 학생들에게는 방학을 어떻게 보내야 하고, 앞으로 어떤 자세로 공부해야 할 것인지 깨닫게 하는 것입니다.

2학년 임유빈의 차례가 되었습니다. 유빈이가 제출한 과제물은 체험학습보고서입니다. 그림마다 제작 완료한 날짜, 그림의 제목, 제작

자의 성명 등이 적힌 라벨이 붙어 있었습니다. 그것을 파일에 끼워 날짜순으로 정리했는데 라벨 붙인 위치를 왼쪽부터 오른쪽으로 조금씩 간격을 두어서 찾기에 편리한 점도 좋았습니다.

교감 : "엄마가 해 주었구나."
유빈 : "겉표지는 엄마께서 해 주셨고, 내용은 내가 했어요."
교감 : "그래, 어디에 다녀왔지?"
유빈 : "삼별초 유적지에 다녀왔어요."
교감 : "삼별초가 무슨 풀인데?"
유빈 : "삼별초는 군대여요."
교감 : "어느 나라의 군대?"
유빈 : "고려 시대 군대여요."

작품 설명이 끝난 유빈이와 나눈 대화입니다.
'삼별초가 무슨 풀이냐?'는 물음에 '군대'라고 대답하는 침착함, 초등학교 2학년 학생으로서 역사적 사실에 관한 수준 높은 이해, 자료의 체계적인 분류, 짜임새 있는 편집 능력, 총 12면에 이르는 방대한 양의 보고서 등 흠 잡을 것이 하나도 없었습니다.

진원초등학교는 학생 수 불과 52명인 초미니 학교이지만, 80년의 역사를 지닌 유서 깊은 학교로 전직 교육감과 현직 도지사를 배출한 명문학교입니다.
진원의 딸 유빈이의 장래가 기대됩니다.
임유빈, 파이팅!

제3장

기록을 만드는 교육

임진왜란의 극복

사명당 유정

9월의 문화인물, 사명당 유정[4]

문화관광부에서 선정한 2003년 9월의 문화인물은 사명당 유정 (1544 ~ 1610)입니다.

유정은 1544년 10월 17일 경남 밀양 무안면 고라리에서 태어났습니다. 13세 때 어머니를 여의고 15세 때 아버지마저 별세하시니 의지할 데 없는 유정은 황악산 직지사의 신묵화상에게 의탁하여 16세 때에 출가했습니다.

7세에 '사략'을 공부하고 13세에 '맹자'를 공부할 정도로 영특한 유정은 출가한 지 2년 후인 18세 때(1561년) 승과에 합격했으며, 이후에 직지사 주지, 봉은사, 해인사, 묘향산의 보현사(普賢寺), 금강산의 보덕사 등에서 수행하였습니다.

1589년 '정여립(鄭汝立)의 역모사건에 연루되었다.'는 모함을 받았으나, 강릉의 유생들이 무죄를 항소하여 석방된 일도 있었습니다.

---

4) 문화관광부에서 선정한 이 달(2003 9월)의 문화인물, 유정에서 내용을 참고함

혁혁한 전공(戰功)을 세운 유정

1592년 유정의 나이 49세 때, 임진왜란이 일어났습니다. 파죽지세로 올라오는 왜군을 맞이한 유정은, 금강산에 있는 모든 사암들을 구하고, 고성 유점사(榆岾寺) 인근 아홉 고을의 백성들을 구출하였으며, 의승군을 모아 순안 법흥사에 이르러 의승군의 대장이 되어 전쟁에 본격적으로 참여하였습니다.

1593년 평양성 탈환을 위한 모란봉 전투에서 대승하고, 서울 근교의 삼각산 노원평 전투 및 우관동 전투에 참전하였고, 의령에서 남하하는 적과 접전하여 전공을 세웠습니다.

경세가로 이름을 떨친 유정

유정은 우리 측 대표로 일본의 가토 기요마사[加藤淸正]와 회담했습니다.

1556년 4월 12일 서생포 청정영에서 시작하여 5월 10일, 12월 9일, 다음해 3월 9일 등 4차례에 걸친 회담에서 왜장은 ①천자와 결혼할 것, ②조선 4도를 일본에 할양할 것, ③전과 같이 교린(交隣)할 것, ④왕자 1명을 일본에 영주하게 할 것, ⑤조선의 대신·대관을 일본에 볼모로 보낼 것 등 '강화5조약'을 요구했습니다. 그러나 유정은 그 부당함을 조목조목 따지는 논리적인 담판으로 물리쳤습니다.

1604년 8월 20일, 일본 경도에서 많은 승려들과 불법에 관하여 토론하였고, 1605년 3월. 복견성에서 일본의 최고 실력자 도쿠가와 이에야스(덕천가강德川家康)와 조·일 강화에 관해 회담하고 4월에 돌아왔는데, 이 때 포로 3,000여명을 데리고 왔습니다.

이처럼 의승군 대장으로 또 경세가로 이름을 떨친 유정은 백하암, 치악산에서 안수하다가 1610년 8월 26일, 해인사에서 세수 67세로 입적하였습니다.

　여기서 매우 궁금한 점이 있습니다. 절에서 도를 닦는 것이 주된 임무인 승려가 왜 전쟁터로 나갔을까?

　그것은 나라를 지키는 군인들이 자기의 일에 충성하지 아니 한 것 때문이요, 사회를 안정시켜서 백성이 열심히 일하도록 만들어야 할 정치인들이 자기의 소임을 잘 감당하지 아니하였기 때문입니다.

　유정이 살았던 시대의 정치 지도자들은 서로 편을 가르고 당을 나누며 싸움으로 일관한 결과 무오사화(1498년), 갑자사화(1504년) 등 4번의 사화가 일어나 사회는 극도로 불안했었습니다.

　국가의 지도자들이 맡은 바 임무에 충성하지 않으면 나라가 망하고 그 결과 백성은 불행해 집니다.

　아무리 그렇다 해도 궁금한 점이 또 있습니다. 유정이 데리고 전쟁터로 나간 사람들은 전문적으로 훈련을 받은 병사가 아닙니다. 한마디로 오합지졸입니다. 그런 자들이 조총으로 무장한 왜적을 상대로 싸웠고 승리했습니다.

　그뿐만 아닙니다. 유정은 회담에서 왜장의 부당한 요구를 논리적으로 물리쳤으며, 일본의 최고 실력자 도쿠가와 이에야스 앞에서도 전쟁의 부당함을 당당하게 주장했습니다.

　전쟁에서 거둔 유정의 업적이 그저 놀랍습니다. 어찌 이럴 수가 있었을까요?

　실록에 기록된 내용을 소개합니다.

　조정에 얼마나 지모(智謀)가 없으면 왜적의 사신 하나를 감당하지 못하여 서로 돌아보며 어쩔 줄 몰라 하는가? 승려가 아니고서는 국가의 긴급한 대책을 맡길 사람이 없었는가? 조정의 각 부서와 여러 신료들이 도리어 유정 한 사람의 지모에 못 미쳐 그를 화급하게 불러올림으로써 왜적을 방어한 장책(粧冊)으로 삼는단 말인가?

평상시에는 묘당에 높이 앉아 있다가 이같이 급한 일을 당해서는 아무도 계책을 내지 못하니, 나라 구할 계책을 가진 자가 오직 유정 한 사람뿐이던가?

아아! 통탄할 일이로다5)

임진왜란의 국난을 극복하는 데 유정이 의승병 대장으로서 혁혁한 공을 세울 수 있었던 것은 무엇 때문일까요?

그것은 유정에게 실력이 있었기 때문입니다. 어려서부터 글을 열심히 읽어서 실력을 길렀고, 승려가 되어서도 쉬지 아니하고 수행(도를 닦는 일)하면서 실력을 기른 결과라고 나는 생각합니다.

어린이 여러분, 임진왜란의 국난을 극복한 유정처럼, 장차 실력 있는 인물, 장차 나라와 고장의 발전에 공헌할 유능한 인물로 성장하는 것을 목표로 교육하고 있습니다.

이것은 '꿈과 희망을 키우는 교육'6)을 강조하신 교장 선생님의 뜻을 실현하도록 정성을 다할 것입니다.

---

5) 일본으로 외교사절을 보내기 위해 유정을 부를 때, 조정의 상황을 기록한 '실록'의 내용
6) 2003년 9월 전입한 교장 선생님의 교육관에 따라 '꿈과 희망을 키우는 교육'으로 변경하고, 그것을 '진원교육' 9호부터 적용합니다.

국가 경영의 표상

세종대왕

2003년 10월 9일은 세종대왕께서 훈민정음을 반포한지 557돌이 되는 한글날입니다. 이날을 기념하여 우리나라의 역사에 가장 훌륭한 세종대왕의 국가 경영에 대하여 살펴봅니다.

세종대왕의 약력7)

* 1397년 4월 10일(양력 5월 15일) 정안군(태종) 이방원과 여흥 민씨(원경왕후)와의 사이에 셋째 아들로 태어나다.
* 1418년 22세의 나이로 조선조 제4대 임금이 되시다.
* 1420년(세종 2년, 24세)에 집현전의 기구를 확장하여 궁중에 설치하고, 문신 가운데서 재주와 행실이 뛰어나고, 나이 젊은 사람을 택하여 경전과 역사의 강론을 일삼고 고문에 대비하다.
* 1443년(세종 25년, 47세), 훈민정음 28자를 창제하시고, 언문으로 운회를 번역하게 하고, 용비어천가 10권을 지어 올리니, 주해를 붙여 판에 새겨 발행하게 하다.

---

7) 관련 사이트 : http://hangeul21.wo.to/

* 1446년(세종 28년, 50세) 9월 상한(양력 10월 9일), 훈민정음을 반포하시었다.

이후에도 한글에 대한 사업으로 언문청을 설치하고, 이과와 이전 취재 때에는 훈민정음도 아울러 시취하게 하였으며, 용비어천가의 주해, 석보상절 등이 간행되고, 월인천강지곡이 이루어졌으며, 집현전에서 언문으로 사서(四書)를 번역하게 하시었다.

여기서는 국가 경영의 표상 세종대왕에게서 본받을 점을 살펴봅니다.

세종 때 정승으로 황희, 유관, 맹사성, 이원, 어조 등이 있습니다. 이들은 모두 고려시대에 과거에 합격한 사람인데, 고려 말과 조선 초기의 어지러운 세상을 지혜롭게 넘긴 사람들입니다. 경험이 풍부한 사람입니다. 이들은 나라에 어려움이 닥치지 않도록 예방하면서 백성을 편안하게 하고 나라의 산업을 일으키는 업적을 남깁니다.

이처럼 세종대왕은 나라를 다스릴 때 경험이 많은 분의 의견을 존중했습니다.

세종대왕은 중요한 일은 그 일에 대한 전문적인 소양이 있는 사람들을 중용했습니다.

김종서 정인지에게 '고려사'를 감수하게 하였고, 남수만에게 '고려사절요'를 만들게 하였으며, 첨지중추원사 변효문(卞孝文), 정척(鄭陟)에게는 일상생활의 예의와 제도를 갖추게 하는 '오례'를, 정치가 정인지에게는 '치평요람'을, 음악가 박연에게는 국악기를 개발하고,

아악을 정리하여 아악보를 작성하게 하였고(1430년), 농사법을 개량하기 위해 정초(鄭招) 등에게 농사직설을 찬술하게 하고, 종의 아들이지만 장영실과 이천 등을 중용하여 천구의, 자격루, 갑인자, 혼천의 등을 발명하게 하였습니다.

이처럼 세종은 나라의 일을 맡길 때, 그 일을 가장 잘 할 수 있는 전문가를 중용하였습니다.

왜구가 남해안과 서해안은 물론 인천 앞 강화도에까지 나타나 백성을 괴롭히고 나라가 위급한 상황에 놓였습니다. 이 때, 세종은 '대마도를 정벌하자.'는 아버지 태종의 영단을 받아들였습니다. 반대하는 사람도 있었지만 이종무에게 대마도를 정벌하게 하여 경상도에 편입하였습니다.(1419년), 이 외에도 6진을 개척(1434년)할 때에는 김종서에게, 4군을 설치(1433년)할 때에는 최윤덕에게 맡겼습니다.

세종대왕은 국방을 튼튼하게 하는 일에는 어떤 타협도 허락하지 않고 단호했습니다.

세종대왕은 집현전을 설치하여 신숙주, 성삼문, 박팽년 등 젊고 유능한 인재를 모아 경전과 역사를 연구하도록 하였습니다. 1420년부터 1443년까지 무려 23년 동안이나 연구한 결과 훈민정음(訓民正音) 28자를 창제했습니다.

이렇게 힘들여 만들어낸 훈민정음을 반포할 때, 최만리와 같은 학자는 강력하게 반대했습니다. '중국의 문자인 한자를 사용하고 있는데 구태여 그런 글자를 만들어 사용해야 할 필요가 없다.' 또 '중국으로부터 외교적인 압박을 받지 않겠느냐?'는 것이 반대하는 이유였습니다.

그러나 세종은 이들을 나무라지 않았습니다. 반대하는 자들의 의견을 존중했습니다. 일상생활이나 학문 연구에 훈민정음을 사용하여 그 우수성을 세상에 알리고, 어리석은 백성을 가르치는데 필요함을 설득했습니다. 그 기간이 무려 3년이나 됩니다. 용비어천가의 주해, 월인천강지곡, 석보상절 등은 이때 간행되었습니다.

이처럼 세종대왕이 나라를 잘 다스릴 수 있었던 것은 스스로 실력을 길렀기 때문입니다.

소년 세종이 책을 얼마나 많이 읽었는지 책을 맨 끈이 떨어져 나가기도 하고, 책의 표지를 가죽으로 만들어 덧입히는 경우도 있었습니다. 또 소년 세종이 눈병을 앓고 있을 때, '도저히 책을 읽을 수 없다.'고 판단한 아버지 태종이 책을 모두 치우라고 했지만 세종은 병풍 뒤에 놓여 있는 책을 꺼내어 읽었다는 말도 있습니다.

'나는 책을 한 번 보고는 모르겠어. 적어도 백 번은 읽어야 돼.'[8] 이것은 세종대왕이 학문을 얼마나 사랑했는지 알 수 있는 말입니다.

세종대왕은 국가를 경영함에 있어서, 경험이 많은 사람을 중용했으며, 전문적인 식견을 갖춘 사람의 충고를 존중했습니다. 이렇게 하여 문화와 산업을 융성하게 진흥시켰고, 백성의 삶의 질을 높이는 민족의 성군이 되었습니다.

---

8) 한국의 역사 대전집 제 7권(세종의 위업). 조광출판사. P226

기록을 만드는 교육

영어명작동화구연

이승엽 선수의 시즌 홈런 56호

2003년 10월 2일, 대구야구장에서 이승엽 선수가 쏘아 올린 56호 홈런은, 1964년(지금으로부터 39년 전) 일본의 왕정치 선수가 세운 시즌 홈런 아시아 최다 기록 55개를 갈아치우는 쾌거였습니다.

다음은 이승엽 선수의 각종 홈런 기록 이정표[9]입니다.

1995년 5월 2일 이승엽 선수 1호 홈런

1997년 9월 12일 최연소 시즌 홈런 30호

1999년 7월 23일 최연소 시즌 홈런 40호

1999년 9월 2일 최연소 시즌 홈런 50호

2000년 4월 19일 최연소 통산 홈런 100호

2001년 6월 21일 최연소, 최소경기 통산 홈런 200호

2002년 7월 23일 최연소, 최소경기 통산 홈런 250호

2003년 6월 14일 최소경기 시즌 홈런 30호

---

9) 동아일보. 2003년10월03일자 20면

2003년 6월 22일 최연소, 최소경기 통산 홈런 300호
2003년 7월 26일 최소경기 시즌 40호
2003년 9월 5일 최소경기 시즌 50호
2003년10월 2일 시즌 아시아 최다 홈런 56호

이승엽 선수가 대단한 기록을 보유하게 된 데에는 타고난 능력도
있지만 자기의 기량을 향상시키기 위해 끊임없이 노력한 결과입니다.
이승엽 선수는 취약한 하체 보강을 위해 웨이트 트레이닝(체력 훈
련)에 열중했으며, 미국의 메이저리그 선수들과 함께 훈련도 하였
습니다. 그리고 지피지기(知彼知己)이면 백전백승(百戰百勝)라는 말
이 있듯이 이승엽 선수는 상대 투수들의 투구 습관이나 공의 위력
등에 대하여 체계적으로 연구하였고(지피 : 상대를 아는 것), 한편
그것을 효과적으로 공략할 수 있는 기술을 개발하고 훈련했습니다.
(지기 : 자기를 아는 것)

기록을 만든 교육활동, 영어 명작 동화 구연하기
진원초등학교에서도 기록을 만들어 가는 교육활동을 추진하고 있
는데, 영어 명작 동화 구연하기가 바로 그것입니다.
이 행사는 영어의 의사소통 능력을 길러 주고, 외국의 문화를 이해
하려는 목적으로 실시하는데, 학년별로 구연할 동화는 아래와 같습니다.

3학년 The Three Little Pigs(세 마리의 꼬마 돼지)
4학년 Snow White(백설 공주)
5학년 The Emperor's New Clothes(벌거벗은 임금님)
6학년 The Wolf and Seven Little Sheep(늑대와 일곱 마리의 양)

이들 동화는 영어 교과의 교육과정에서 제시된 영어 낱말을 고려하여 담임교사가 선정했기 때문에 영어 교과의 교육 목표와 완전히 부합됩니다. 아울러 간단한 효과음과 함께 억양, 강약, 빠르기 등이 외국인의 언어습관에 맞게 구성된 녹음 자료가 있어서 학생 스스로 연습할 수도 있습니다.

영어 명작 동화를 외워서 구연하는 일은 어렵습니다. 그래서 도전할 가치가 있고, 힘들기 때문에 성공하면 자랑거리가 됩니다.

처음에는 그냥 듣습니다. 동화책을 펼쳐놓고 그림을 보면서 듣습니다. 알아들을 수 있는 낱말에 밑줄을 그어 표시합니다. 발음이나 억양 등을 따라하며 익힙니다.

짧은 문장을 익히고, 이어서 몇 개의 문장으로 이루어진 문단을 익힙니다.

혼자 공부하는 것보다 친구들과 함께 공부하는 것이 더 재미있고, 기록하면서 공부하면 더욱 효과적입니다.

어린이들이 영어 명작 동화를 구연하는데 있어서 선생님의 도움이 필수적입니다.

'시작이 반'이라는 속담처럼 어린이들이 영어 명작동화구연을 도전 과제로 선정하도록 안내하는 것, 때에 따라 연습 상황을 점검하여 쥐가 소금 먹듯 성취감을 맛보게 하는 것, 학생의 능력 차이를 고려하여 난이도를 조금씩 높여서 목표에 다가가도록 지도하는 것 등은 바로 선생님의 역할입니다.

이렇게 보면 영어 명작동화 구연하기는 어린이에게 뿐 만 아니라 선생님에게도 도전 과제가 되는 교육활동입니다.

우리 고장의 철학자

노사 기정진 선생

우리 고장 장성에는 훌륭하신 분이 많습니다.

동방의 대학자로 유명한 하서 김인후 선생, 모범적인 공직자로 '삼마(三馬)태수'[10]라 불리는 송흠 선생. 재물을 탐하지 않고 올바르게 살았던 선비로 비석에 아무 글자도 새기지 않은 채 그대로 세웠다(白碑 : 백비)는 청백리의 표상 정해공 박수량 선생 등이 이런 분입니다.

진원에도 위대한 철학자 노사 기정진 선생이 있습니다.

노사 기정진[11] 선생

기정진 선생은 정조 22년(1798년)에 전북 순창에서 태어났으나, 18세부터 82세로 세상을 떠날 때까지 진원면에서 학문을 연구하고 교육에 힘써 온 분입니다. 선생은 34세 때, 과거에 장원으로 급제하였지만 벼슬을 사양하고, 인격 수양과 학문 연구에 일생을 바친 분입니다. 특히 학문을 배울 때, 스승으로부터 배우지 아니하고 책을 읽어서 스스로 깨우친 것으로 유명한 분입니다.

---

10) 태수로 부임할 때 '말을 세 필만 동원했다'고 해서 붙여진 이름
11) 사회과 지역화 자료 '글의 고장 장성' 전라남도장성교육청 1991. pp21-23 의 내용을 참고함

다음은 노사 기정진 선생의 일화입니다.

하늘이 움직이고 땅이 제자리에 있는 이치를,
나는 이 맷돌에서 본다.

선생의 나이 7세 때, 맷돌로 작업하는 모습을 보고 쓴 시인데, 읽을수록 재치가 돋보입니다.

중국에서 온 사신이 낸 문제를 서울의 학자들이 풀지 못해 끙끙대고 있을 때, 선생께서 그것을 풀어 주위 사람들을 깜짝 놀라게 한 일이 있었습니다. 조금 어렵지만 여기에 옮깁니다.

〈문제 1〉
① 문제 : 龍短虎長(용단호장) : 용은 짧고 호랑이는 길다.
② 답 : 龍短虎長 畵圓書方(용단호장 화원서방) : '용단호장'을 그림으로 그리면 둥글고, 글씨로 쓰면 네모나다.
③ 해석
龍短虎長(용단호장)을 글자대로 해석하지 않고 육갑에서 말하는 방향으로 풀이했습니다. '용'이란 '진'방향으로 겨울에 해가 뜨는 방향(정동쪽에서 23°기울어진 남쪽)을 말하고, '호랑이'란 '인'방향으로 여름철에 해가 뜨는 방향(정동쪽에서 23°기울어진 북쪽)을 가리킵니다. '용단호장'에서 '용단'은 낮의 길이가 짧은 겨울을 말하고, '호장'은 낮의 길이가 긴 여름을 말합니다. 그래서 '용단호장'이란 '해'(日)라고 풀이했습니다.
畵圓書方(화원서방)에서 '해'(日)를 그림으로 그리면 둥급니다.

그래서 '화원'이요, '해'(日)를 글씨로 쓰면 네모 모양이니 書方(서방)입니다. 참으로 멋진 답입니다.

〈문제 2〉

① 문제 : 五更樓下 夕陽紅(오경루하 석양홍) : 오경(새벽 3시부터 5시 사이의 시간)의 깊은 밤중에 석양의 서쪽 하늘이 붉다. 이것은 하루의 시간적으로 모순입니다.

② 답 : 九月山中 春草錄(구월산중 춘초록) : 구월의 산에 봄의 푸른 풀이 돋아난다. 이것도 계절적으로 모순입니다.

③ 노사 선생의 해석

'五更樓下 夕陽紅(오경루하 석양홍)'에서 '오경'을 새벽 시간으로 해석하지 않고 '오경'에 '루'를 붙여서 '오경루'라는 정자로 풀이했습니다.

九月山中 春草綠(구월산중 춘초록)에서도 '구월'을 계절로 생각하지 않고 '구월'에 '산'을 붙여서 '구월산'으로 바꾸어 답한 것입니다.

노사 선생의 기가 막히게 멋진 답입니다.

이일로 '서울의 눈 만(萬)개가 장성(長成)의 눈 하나만도 못하다'라는 말이 생겼다고 합니다.

어린이 여러분, 교장 선생님께서 여러 번 강조하신 것처럼 지금 해야 할 가장 중요한 일은 '지혜를 배우는 일'입니다. 우리 고장 진원의 철학자 노사 기정진 선생으로부터 삶의 지혜를 배우기 바랍니다.

장성의 유명 인사

영화감독, 임권택

영화감독, 임권택[12]

임권택 영화감독은 1936년 장성군 장성읍 단광리에서 태어나 월평 초등학교를 다닌 우리 고장 장성 출신입니다.

그의 학력은 고작 중 3학년 중퇴였지만, 영화 '취화선'으로 깐느 영화제에서 감독상을 수상한, 명실 공히 한국을 대표하는 영화감독입니다.

한국을 대표하는 최고의 영화감독, 임권택의 훌륭한 점에 대하여 알아봅니다.

힘들어도 포기하지 않고 어려워도 참기

임권택 감독은 6.25 전쟁이 일어났을 때, 부산으로 피난을 가서 지게꾼(주 : 지게로 짐을 나르는 일꾼)을 하다가 미군 부대에서 군화를 불하받아 소매상에 넘기는 일을 했습니다.

서울로 올라와서는 영화를 만드는 일을 하게 되었는데, 연기자들의

---

12) 아름다운 도전, 성공한 사람들, pp111-120

식사를 나르는 일, 간식 때 사탕이나 커피를 나누어주는 일, 화장 케이스나 촬영 장비를 운반하는 잡부로서의 일을 했으며, 무게 50kg이나 되는 발전용 배터리를 들쳐 메고 광릉 산골짜기를 올라가는 힘들고 궂은 일을 끝까지 참아냈습니다.

이처럼 성실하고 책임감이 강한 임권택은 감독의 눈에 들어 소품 조수, 조명 조수 등의 일을 하게 됩니다. 그러다가 정창화 감독의 연출부에 입문하여 조감독으로 선발되었고, 26세의 젊은 나이에 영화 〈두만강아, 잘 있거라〉의 감독으로 데뷔합니다.

임권택은 힘들어도 포기하지 않았고 어려워도 끝까지 참았던 사람입니다.

나라와 고장 사랑하기

임권택 감독은 8.15 해방, 6.25 전쟁 등 견디기 어려운 세상을 살았습니다. 그래서 어떻게 하든지 외국으로 나가려 했습니다. 1974년 대만아시아 영화제에 영화 〈증언〉이 출품되면서 해외로 나가는 기회가 주어졌는데, 대만 공항에 내리자마자 중국말 일본말 영어만 들리고, 한국말은 종적을 감추었다는 것입니다. 나라의 소중함을 깨달은 임권택은 다음과 같이 회고했습니다.

'일제의 식민 통치 하에서 갖은 학대와 천대를 받은 나라, 동족끼리 전쟁을 벌여 수백만의 희생자를 낸 웃기는 나라, 아직도 군인이 통치하는 가난한 나라, 그러나 언제까지고 우리가 살아야 할 땅 한국이었다.'

이후 임권택 감독은 조국 대한민국을 사랑했었고, 가난한 백성의 고달픈 삶 자체를 사랑했습니다. 그래서 〈잡초〉, 〈왕십리〉, 〈씨받이〉, 〈아다다〉, 〈서편제〉, 〈취화선〉 등 자기가 겪은 서러운 삶의 궤적과 고통을 받으며 함께 살아온 우리 이웃의 삶을 영화로 표현하기 시작합니다. 이렇게 해서 만들어 낸 한국적 영화를 통해서 본인뿐만 아니라 여배우들도 수상하며 이름을 날리게 됩니다.

다음은 임권택 감독의 수상경력13)입니다.

1981 [만다라] 베를린 영화제 본선 진출
1986 [길소뜸] 시카고 영화제 세계평화 메달 수상, 베를린 영화제
　　　　본선 진출
1987 [씨받이] 베니스 영화제 여우주연상(강수연)
1989 [아제아제 바라아제] 모스크바영화제 여우주연상(강수연)
1992 [서편제] 상해영화제 감독상과 여우주연상(오정해)
1998 샌프란시스코 영화제 구로자와상
2002 [취화선] 깐느 영화제 감독상

교육자로서 내가 배워야 할 것이 있었습니다.

엄격하게 교육하기

임권택은 감독 데뷔 작품인 '두만강아 잘 있거라.'를 촬영할 때, 연기자의 연기가 마음에 들지 않으면 수십 번이라도 반복하게 하였답니다. 구경꾼이 보고 있어도 부족한 연기를 끈질기게 들춰내며, 완벽한 연기를 하도록 주문했다고 말합니다.

---

13) 관련 사이트 : www.cineline.co.kr

교육을 할 때도 엄격해야 합니다. 발음이 잘못된 곳, 억양이 서투른 곳 등을 낱낱이 지적해서 당일의 수업목표를 완벽하게 성취하도록 엄격하게 교육해야 합니다.

교육의 나쁜 버릇을 버리기

'오직 흥행만을 노리고, 정신없이 찍어 대면서 쌓이고 쌓인 나쁜 버릇, 체질화된 거짓말하기의 저속한 취향의 때를 벗겨내야 한다고 반성했습니다.

좋은 교육을 하고 싶다면 임권택 감독의 이 말을 곱씹어 보아야 합니다. '인생은 한 편의 영화'란 말이 있습니다. 우리는 초등학생 52편, 유치원 7편, 모두 59편의 영화를 제작하는 영화감독입니다. 지금까지 교육하면서 쌓인 '나쁜 버릇이나, 체질화된 거짓말하기'의 저속한 취향은 없는지 깊이 반성해야 합니다.

학교 교육계획을 찬찬히 들여다보면 버려야 할 나쁜 버릇이 있습니다. 교육원리에 벗어난 교육활동, 계획에는 있지만 시행하지 않는 이런 것은 시급히 시정해야 합니다.

그리고 '발이 썩어 가는 줄도 모르고 영화촬영에 몰두했다.'[14]는 뜨거운 열정도 임권택 감독에게서 배워야 할 소중한 덕목입니다.

---

14) 전게서 p118

우직한 교육

우직한 사람을 만든다.

우직한 사람이 필요하다15)

"LG전자가 2010년까지 세계 4대 기업이 되려면 똑똑한 사람보다 우직한16) 사람이 더 필요하다."

LG전자의 최고경영자(CEO)인 김쌍수17) 부회장이 기자회견에서 밝힌 말입니다. 김쌍수 부회장은, '똑똑한 사람'을 Best People(우수한 사람)이라 하고 '우직한 사람'을 Right People(적임자)로 구분하면서, LG전자를 강한 회사로 만들기 위해서는 근무조건이나 환경을 탓하지 않고 주민과 살을 부딪쳐가며 일하는 우직한 사람이 더 필요하다고 말합니다.

우직한 어린이 임한

진원초등학교에도 우직한 어린이가 있어 소개합니다. ㅇ한 어린이입니다.

---

15) 동아일보 2003년 10월 29일자 B5면의 내용을 참고하였음
16) 우직(愚直)하다 : 〈형용사〉 고지식하다
17) 김쌍수는 1969년 1월 LG전자에 공채 1기로 입사하여 34년 9개월 만에 최고경영자인 부회장에 오른 사람입니다.

진원초등학교에서는 체력을 기르자는 목적으로 아침 운동 오래 달리기를 실천하고 있습니다. 그 실적을 확인한 결과 ○한 어린이의 누적 기록이 무려 150km를 넘었습니다. 이 거리는 1일 목표가 1Km(운동장 트랙을 6번 돌면 1Km로 환산)였으니 무려 150일 동안 실천해야 가능합니다. 비가 내리거나 황사가 있었던 날에도 우직하게 실천해야 달성될 수 있는 실적입니다.

○한 어린이를 칭찬합니다.

우직한 교육

선생님께서도 우직하게 교육하기를 당부합니다.

동시를 외워 낭송하는 능력, 자기의 생각을 조리 있게 발표하거나 글로 표현하는 능력, 정확하고 빠르게 계산하는 능력, 사회현상에 관한 정보를 수집하고 이해하고 해석하는 능력, 자연 현상을 세밀하게 관찰하거나 실험하는 능력, 음정과 박자에 맞게 동요를 부르거나 악기로 연주하는 능력 등은 상당히 긴 시간을 두고, 우직하게 지도해야 비로소 달성됩니다.

형설지공(螢雪之功)이란 말이 있습니다. 여름에는 반딧불이의 빛으로 책을 읽고, 겨울에는 눈(雪)빛으로 책을 읽었다는 중국의 선비 이야기입니다.

우직한 교육이 우직한 사람을 만들고, 우직한 사람이 대한민국을 우직한 나라로 변화시킵니다. 위대한 업적은 우직한 사람만이 남길 수 있습니다.

진로의 결정

우리가 꾸어야 할 꿈

동화 '아기박의 꿈'[18]

초가지붕 위에 아기박이 달을 보며 자랍니다. 아기 박은 달이 되고 싶었습니다.

"왜 나는 빛이 나지 않나요?"

눈물을 글썽이는 아기 박에게 달님은 어떤 소녀의 이야기를 들려줍니다.

소녀는 노래를 잘 부르는 사람을 보고는 성악가가 되려고 했고, 그림을 잘 그리는 사람을 보고는 화가가 되려고 했지만 결국 동화 쓰는 사람이 되었다는 이야기입니다. 왜냐하면 소녀는 글쓰기를 좋아했고 글 쓰는 재주도 있었기 때문이라며 아기 박에게 다음과 같이 권합니다.

"네가 좋아하고 잘하는 일을 찾아보렴."

아기 박은 오래오래 생각하다가 자기가 할 일을 깨달았습니다.

"단단한 그릇이 되겠어요."

"내가 못하는 일을 네가 하는구나."

---

18) 초등학교 3학년 1학기 읽기 교과서에 게재된 동화

아기 박은 단단한 그릇이 되기 위해 날마다 알차게 알차게 여물어 갑니다.

꿈을 이루기 위해 무엇이 필요한가?

꿈이 이루어지려면 꿈이 있어야 합니다. 동화 '아기 박의 꿈'에서 아기 박은 달이 되고 싶었습니다. 이것이 꿈입니다. 그 꿈은 사람마다 다릅니다. 초등학교 다닐 때의 꿈과 중·고등학교 다닐 때의 꿈이 달라질 수도 있습니다. 그래도 꿈이 이루어지려면 반드시 꿈이 있어야 합니다.

달이 되려는 아기박의 꿈은 실현할 수 없습니다. 그래서 자기에게 맞는 '단단한 그릇'이 되려는 것으로 꿈이 바뀌었습니다. 이것은 실현할 수 있습니다.

각자 꿈을 갖되 반드시 자기에게 맞는 꿈이어야 합니다. 자기가 좋아하는 교과는 무엇인지? 재미있게 할 수 있는 일은 무엇인지? 곰곰이 따져서 실현 가능한 것을 꿈으로 정해야 합니다.

그리고 꿈은 어려서 갖는 것이 좋습니다.

이 점은 임진왜란이 일어났을 때 나라를 구한 이순신 장군은 어려서 전쟁놀이를 좋아했습니다. 친구의 물시계 등을 만들어 조선의 발명왕이 된 장영실은 어려서 만들기와 물막이 놀이를 하면서 자랐습니다. 나이 30살에 애굽 제국의 국무총리가 된 성경의 인물 요셉은 어린 시절에 '11명의 형제들이 나에게 절할 것이다.'는 꿈을 꾸었습니다. 모두 어린 나이에 가진 꿈입니다.

그런데 대학에 입학함으로써 진로가 결정되는 우리나라 학생들은 너무 늦습니다. 고등학교나 중학교에 다닐 때부터 꿈을 꾸어야 합니다. 초등학교에 다니는 지금 이런 꿈을 꾼다면 더 좋겠습니다.

인생의 지도자

자기 주도적 능력의 배양

요즘에는 리더라는 말을 많이 사용합니다. 히딩크 감독이 우리나라 국가대표축구팀을 월드컵 4강에 올려놓은 후로 리더라는 말이 많이 사용되고, 리더십 훈련 프로그램이 난무하고 있습니다.

나는 '리더'란 말 대신에 '지도자'라는 말을 쓰겠습니다. 지도자라 하면 대부분 대통령을 먼저 떠올립니다. 그렇습니다. 대통령은 우리나라의 지도자입니다. 김수환 추기경은 종교 지도자이고, 정주영씨는 대기업의 지도자입니다.

한글을 창제하신 세종대왕은 우리나라 역사상 최고의 지도자입니다. 임진왜란이 일어났을 때, 나라를 구한 분들 곧 일본으로 끌려간 포로 3천명을 이끌고 돌아온 의승군 대장 유정과 금산 전투에서 3부자(父子)가 순국하며 곡창 호남을 지킨 의병장 고경명 그리고 바다를 지킨 이순신 장군 등은 어려서부터 우직하게 노력하여 역사에 빛나는 이름을 남긴 자기 인생의 지도자였습니다.

그러나 이런 지도자는 누구나 될 수 있는 것이 아닙니다. 그래서 나는 지도자란 제 7차 개정 교육과정의 기본 방향 '세계화 정보화 시대에 적응할 수 있는 자기 주도적 능력의 배양'에서 '세계화 정보화

시대에 적응할 수 있는 자' 혹은 '자기 주도적인 능력의 소유자'로 정의합니다.

이런 지도자는 누구나 될 수 있습니다. 그래서 진원초등학교 학생 모두를 이런 지도자로 키우고자 합니다.

지도자란 어떤 사람인지 예를 들어보겠습니다.

화순의 벽지학교에서 근무하던 시절이었습니다. 버스가 하루에 3차례 밖에 다니지 아니하는 벽지학교입니다. 운동회 물품을 구입하러 광주로 간 일이 있었습니다. 교장선생님께서는 세수 비누와 비누 곽을 사오라고 하셨으나, 나는 여러 가지 물건을 고르다가 옷걸이를 사왔습니다.

"왜 이걸 사 왔지요?"

"비누 곽은 가정에 한 두 개만 있어도 되지만 옷걸이는 여러 개 있어도 모두 사용할 수 있을 것 같아 사왔습니다."

"참 잘 했습니다."

시골에서의 운동회는 온 가족이 참여하는 지역의 축제입니다. 그런데 상품을 탄 사람이 매번 비누 곽만 가져온다면 무슨 쓸모가 있겠는가? 이런 생각이 들어 옷걸이로 바꾸어 사왔는데 나무라기는커녕 오히려 '주인의식이 있다.' 하시며 교장 선생님께서 칭찬을 하셨습니다.

지금 생각해보니 하찮은 물건이지만 비누 곽을 옷걸이로 바꾼 것이 바로 지도자다운 발상이었다고 생각됩니다.

지도자란 자기 주도적인 능력의 소유자이요, 자기 주변을 좋게 변화시키려고 노력하는 사람입니다. 진원초등학교 어린이 모두가 자기 인생의 지도자로 성장하기를 기대합니다.

잃어버린 친구

건망증

"재훈아, 왜 안 갔지?"

퇴근시간이 조금 지났습니다. 나도 잡무를 처리하다가 늦었습니다. 교실 뒤쪽에서 자동차를 끌고 나왔습니다. 내 자동차는 급식실 앞 우천로를 타고 교문을 향해 가고 있습니다.

해가 서산으로 뉘엿뉘엿 넘어가려는 때라 학교는 조용합니다. 아무도 없는 운동장에 가방을 짊어진 아이 하나가 어슬렁거리고 있습니다. 자동차를 멈추고 아이를 불렀습니다. 작동 마을에 사는 1학년 ○재훈입니다.

"차가 가버렸어요."

무엇을 하다가 차를 놓쳤는지 모릅니다. 이제 마을로 가는 버스는 없습니다.

"내가 태워다 줄까?"

나는 출퇴근할 때 그 마을 옆으로 지나갑니다. 아이를 태워도 별다른 부담이 없습니다. 재훈이는 자동차에 올라탔습니다.

재훈이와 몇 마디 말을 나누고는 라디오를 틀었습니다. CBS 설교 방송이 흘러나옵니다. 목사의 설교를 들으며 운전했습니다. 교문을 나서자마자 곧바로 좌회전하여 천천히 이동했습니다. 2Km 정도 떨어진 진원면 소재지에 들어섰습니다. 길 건너편에 맥시칸 통닭집이 보입니다. 3학년 ㅇ다솜이와 1학년 다영이 자매의 가게입니다. 면사무소 앞으로 지나고 진원 저수지 주변을 달립니다. 벚꽃이 필 때면 이 길이 무척 아름답습니다. 조금 더 가면 갈림길이 나오는데 직진하면 담양군 대전면 방면으로 가는 길입니다. 나는 여기서 우회전하여 작동마을 입구로 들어섰습니다. 마을 옆을 스쳐 지나가려는데 어린 아이 목소리가 들렸습니다.

'어! 무슨 소리지?'

자동차의 속도를 줄이고는 귀를 기울였습니다. 더 이상 소리가 나지 않습니다. 라디오를 껐다가 켰습니다. 그래도 아무 반응이 없습니다. 고개를 갸웃거리고는 다시 자동차를 몰았습니다.

이제 첨단 지역에 다다랐습니다. 도로 뽀짝 옆에 첨단ㅇㅇ교회가 있습니다. 이 교회의 ㅇ명주 장로는 나와 절친합니다. 내가 광주노회 중·고등부 연합회에 역원으로 참여했을 때 이분을 만났습니다. 회장이었던 이분의 권유로 나는 성경퀴즈대회를 주관했었습니다. 그것이 인연이 되어 무려 10년이 넘게 이 행사를 주관하였고, 나중에는 성경퀴즈대회 예상문제집까지 발간하는 등 아주 귀한 경험이 되었습니다.

그후 노회가 분리되면서 나는 광주노회에 속하는 교회를 다니고 이 교회는 광주동노회에 속합니다. 그와 만나는 기회가 뜸해졌으나 간혹 안부를 주고받는 각별한 사이입니다.

도로변에 차를 세웠습니다. 이 교회의 바로 앞마당입니다. 교회는 문을 잠그지 않기 때문에 아무 때라도 들어가서 기도할 수 있습니다. 퇴근하는 길에 교회에서 기도하는 것이 버릇처럼 되었습니다. 대략 30분 정도 걸렸습니다. 홀가분한 마음으로 자동차를 몰았습니다.

집에 도착했습니다. 차를 세우고 문을 열었습니다.
"교감 선생님!"
어! 재훈이가 타고 있습니다.
재훈이는 자동차에 올라타자마자 잠이 들었나 봅니다.
나 역시 아이의 목소리를 들은 작동 마을 옆을 지나칠 때에도, 교회에서 기도하고 나왔을 때에도, 집에까지 오는 동안에도 재훈이가 타고 있다는 사실을 새까맣게 모르고 있었습니다. 건망증인가? 치매인가?

재훈이를 데리고 집으로 들어갔습니다. 아내의 눈이 동그랗습니다. 재훈이와 나는 라면을 끓여 먹었습니다. 맛있게 먹었습니다.
"우리 집에서 잘래?"
재훈이는 고개를 살래살래 흔들었습니다.
"가자!"
작동마을로 가는 동안 재훈이와 나는 녹음기에서 흘러나오는 동요를 따라 부르며 즐거운 시간을 가졌습니다.

이후로 재훈이는 내 차를 타지 않았습니다. 건망증 때문에 꼬마 친구 재훈이를 잃었습니다.

제4장

칭찬, 가장 좋은 교수법

무엇을 심을까?

'진실'과 '창의'의 씨앗

농사와 같은 교육

봄이 되었습니다. 농촌에서는 벌써 볍씨를 뿌립니다. 나락을 물에 담가 부실한 씨앗은 걷어내고 충실한 알곡만을 골라 씨앗으로 사용합니다. 가을에 거둘 풍성한 열매를 생각하면서 씨앗을 뿌립니다.

교육도 농사와 같습니다. 초등학교 학생은 인생에서 봄입니다. 교사는 학생의 마음 밭에 씨앗을 뿌리는 농부입니다.

진원초등학교에서는 교육계획을 수립했습니다. 국가 수준의 교육과정에 준거하여 교육을 실시하되 그것을 어떻게 구현할 것인지 교육방법을 구체적으로 표현한 것이 바로 학교 교육계획입니다.

이것은 농부가 가을에 거둘 열매를 생각하며 충실한 씨앗을 골라내는 일과 같습니다.

2003학년도 진원초등학교 교육계획의 표지에는 '진실 되고 창의적인 인간 육성을 위한 우리학교 교육계획'이라고 진술되어 있습니다. '진실 되고 창의적인 인간'이란 진원초등학교에서 2003학년도에 추구할 인간상입니다. 매사를 진실 되게 처리하는 인간, 그것을 수행할 때 창의성을 발휘하는 인간, 이것이 달성하고자 하는 교육 목표요,

거두고자하는 열매입니다.

이것은 누구 한 사람의 독단적인 의견이 아닙니다. 학교 교육과정을 수립할 때 학부모의 의견을 수합하였고, 그것을 선생님들과 의논하여 공동 사고로 확정된 것입니다.

따라서 우리는 학생들의 마음 밭에 '진실'의 씨앗을 심어야 하고, '창의'의 씨앗을 심어야 합니다. 이것이 우리에게 주어진 지상 과제입니다

'진실'과 '창의'의 씨앗 심기

어떻게 해야 '진실'의 씨앗을 심는 것이고, '창의'의 씨앗을 심는 것일까?

먼저, 교과 수업 시간을 진실 되게 운영하고 창의적으로 진행하는 것입니다. 교재 연구에 충실하여 단위 시간에 달성할 목표를 분명하게 인식하고 그것을 달성할 수 있는 효과적인 방법을 구안하는 것입니다.

교과를 운영하고 평가를 실시할 때에도, 교육 행사를 추진할 때에도 진실과 창의를 추구해야 합니다. 생활지도를 비롯하여 학교에서 이루어지는 모든 교육활동에서 학생들의 마음 밭에 심어야 할 씨앗은 '진실'의 씨앗이요, '창의'의 씨앗입니다.

초등학교의 교육 내용은 국민 기초교육입니다.

학생들이 장차 밝고 건강한 사회를 건설하고, 문화와 산업을 융성하게 일으키며, 자연 환경을 아름답게 가꾸는 등 나라와 고장의 발전에 공헌할 인재, 공중의 새가 깃들일 만큼 큰 인물로 성장할 그 때를 생각하며 지금은 겨자씨처럼 작더라도 '진실'과 '창의'의 씨앗을 심고자 합니다.

건전해진 놀이 문화

교육과정의 정상 운영

점심시간입니다. 운동장에서 5학년 학생들이 피구를 하고 있습니다. 자기가 던진 공이 상대방의 몸에 맞으면 '야!' 하고 외마디 소리를 지릅니다. 그 노는 모습이 제법 시끌벅적합니다. 아이들의 놀이가 이렇게 건전해진 것은 며칠 전 5학년 담임교사 ○상석 선생님이 피구를 지도한 뒤부터입니다.

어린이들의 놀이가 건전해진 것은 등교한 학생들의 모습에서도 볼 수 있습니다. 아침 일찍 등교한 학생들은 가방을 조회대 위에 올려놓고, 겉옷도 벗어 놓습니다. 가볍게 몸을 흔든 다음 트랙을 따라 달리기를 시작합니다. 혼자 달리는 학생도 있고, 삼삼오오 발을 맞추면서 끼리끼리 달리는 경우도 있습니다. 보기에도 참 좋습니다.

언젠가는 1학년 여자 아이가 아빠와 실랑이를 벌이고 있는 장면을 목격했습니다. '가방을 내려놓고 달리기를 하겠다.'고 주장하는 딸과 '늦었으니 교실로 그냥 들어가라.'고 달래는 아빠 사이에 벌어진 해프닝입니다.

진원초등학교에서는 학생들의 체력 향상을 목적으로 '아침 운동 오래 달리기'를 시행하고 있습니다. 150m 정도 되는 운동장의 트랙을 매일 6바퀴씩 달리도록 권장하고 있습니다.

이 교육 시책이 건전하게 운영되고 있는 것은 1학년 담임교사 ㅇ길례 선생님의 노력 덕분으로 매우 바람직한 일입니다

이 외에도 나무 그늘에서 줄넘기를 하거나 후프를 돌리기도 하고 인라인 스케이트를 타는 어린이도 있습니다.

인라인 스케이트를 타려면 바닥이 매끄럽고 널찍한 공간이 있어야 합니다. 진원초등학교에는 그런 공간을 마련한 장소가 마땅하지 않습니다. 자동차가 다니는 도로는 위험하기 때문에 교문에서 급식실 앞을 지나 오른쪽으로 구부러진 우천로를 이용하도록 권장했지만 빠르게 이동하며 비켜 지나갈 때 부딪히지는 않을까 염려가 됩니다.

어린이들의 놀이가 건전해지면서 컴퓨터실에서 오락하는 어린이가 현저하게 줄었습니다. 매우 바람직한 현상입니다.

결론적으로 아이들의 놀이가 다양하고 건전해진 공(功)은 학교의 교육 시책을 창의적으로 이행한 ㅇ길례 선생님과 체육 교과의 교육과정을 진실 되게 운영한 ㅇ상석 선생님에게 있습니다. 두 분 선생님에게 감사를 전하며 장차 나라와 사회를 이끌어갈 어린이들의 놀이문화가 더욱 건전해지도록 교육과정을 알차게 운영해 주실 것을 당부합니다.

자신감 증진 교육

다양한 시상제

'꿈과 희망을 키우는 교육'
'나도 무엇인가 잘 할 수 있다.'

○재만(주 : 2003년 9월 1일자로 부임하신 진원초등학교 제21대 교장) 교장 선생님께서 하신 말씀입니다.

학교에서는 '잘 할 수 있다.'는 자신감을 갖도록 교육하고 있을까? 구체적으로 '무엇을' 가르치고 '어떻게' 교육해야 할까?

나는 곰곰이 생각해 봅니다.

잘하게 할 교육활동

학생들이 잘하기를 바라며 추진하는 교육활동이 많습니다. 이들은 대부분 교과별 중점 시책을 구현하려는 데 목적이 있습니다. 몇 가지만 소개합니다.

국어과의 읽기 쓰기 듣기 말하기 등 언어 기능의 숙달을 위한 동화 구연하기가 있습니다. 국어 읽기 교과서에 등재되어 있는 동화 한 편을 완전히 외워서 구연하는 것을 목표로 실시합니다.

과학 탐구능력의 배양을 위한 실험실기대회가 있습니다. 1-2학년은 만들기, 3-4학년은 분류하기, 5-6학년은 실험하기 등 학년에 따라 탐구 분야를 구분하여 실시하는 데, 담당교사가 작성한 실험지시서에 따라 실험기구를 다루고 실험 장치를 설계하여 실험하고 그 결과를 보고서로 작성하는 교육활동입니다.

제7차 교육과정에서 지정한 필수 악기의 연주 기능을 익히려는 필수 악기 연주대회가 있습니다. 필수 악기란 초등학교에서 다루는 가락악기 멜로디언과 리코더 그리고 단소를 가리키는데, 3학년은 멜로디언, 4학년은 리코더, 5-6학년은 단소의 연주 기능을 익히게 했습니다. 연주할 동요는 음악 교과서에서 선정하였으며, 음악의 3요소 리듬 가락 화성 등을 몸으로 체득하게 하는 교육활동입니다.

외국인과의 의사소통 능력을 신장시키기 위한 영어 명작동화 구연하기도 있습니다. 3학년 이상을 대상으로 하며 교육과정에서 제시한 낱말 400개 이하로 구성된 짧은 동화를 학년 단위로 선택해서 구연하는 교육활동입니다.

잘하는 것 강화하는 시상제

학생들이 바람직한 행동을 보였을 때에는 그 행동에 대하여 강화해 주어야 합니다. 그 방법으로 진원초등학교에서는 다양한 시상제를 운영하고 있습니다.

필기시험에서 좋은 점수를 얻으면 상장을 주는 것은 물론 교육 행사에 참가하여 거둔 실적에 따라 등급을 주어 표창하는가 하면 컴퓨터 타자 기능, 독서나 오래 달리기 등의 실적을 인정하는 증서를 수여합니다. 그리고 건전한 생활 습관을 형성하려는 모범 어린이장제를 운영하고 있습니다.

이처럼 교과별로 특색 있는 교육활동을 추진하고 다양한 시장상제를 운영하는 것은 학생들의 잠재 능력을 끄집어내고 이 때 나타난 바람직한 행동을 즉시 강화함으로써 자신감을 증진하려는 데 목적이 있습니다.

학예발표회를 앞두고

정경화 선생처럼

2003년 11월 21일은 학예 발표회 날입니다. 현재 6학년 학생이 학교를 다니기 시작해서 처음으로 갖는 행사이기 때문에 학부모의 기대가 대단합니다. 학예 발표회를 앞두고 있는 우리가 어떻게 임할 것인지 정경화 선생의 이야기를 소개합니다.

세계적인 바이올린 연주자 정경화 선생이 서울의 ○○○교회에서 공연할 때입니다.

공연하기 전 날 밤, 이 교회의 담임목사가 정경화 선생을 격려하고 기도해주려고 연습하는 곳으로 찾아갔습니다. 그런데 연습하는 모습이 너무나 진지해서 중간에 끼어 들 수 없었다고 말합니다.

'정경화씨는 매 공연 전날 밤에는 아무리 늦어도 다음 날 연주할 곡을 끝까지 연습합니다.' 정경화 선생의 매니저(주 : 공연을 기획하고 관리하는 사람)는 이렇게 말했답니다.

세계적으로 유명한 연주자요, 고도의 전문성을 지닌 정경화 선생, 서울에서의 공연을 마치면 지방의 열 두서너 개 도시를 순회하며 공연할 일정이 빡빡하게 잡혀 있는데도 늦은 시각까지 정성을 다한 것입니다.

정경화 선생은 미국 뉴욕 에버리 피셔 홀에서, 앙드레 프레빈이 지휘하는 뉴욕 필하모닉의 협연자로 브람스의 '바이올린 협주곡'을 연주하다가 드레스를 밟아 무대에서 넘어진 일이 있었답니다.

"정경화씨가 특유의 강렬한 제스처를 펼치며 연주에 몰두하다가 실수로 치마를 밟은 것 같다."[19]

바이올린을 연주하는 사람의 모습을 보면 왼손에 쥔 바이올린을 턱 밑에 고이고 오른손에 든 활로 바이올린의 선을 비벼서 소리를 냅니다. 흥이 나면 어깨나 고개를 약간씩 움직일 뿐 발은 거의 움직이지 않습니다.

그런데 정경화 선생은 공연하는 중에 발을 움직였고 치마를 밟는 실수를 저질렀습니다. 공연하는 일에 얼마나 몰두했는지 짐작할 수 있는 사례입니다.

우리는 지금 학예 발표회를 앞두고 있습니다.

바이올린 연주자 정경화 선생의 공연에 임하는 자세를 본받았으면 좋겠습니다.

공연 하루 전날, 밤늦게까지 연습한 것처럼 자기가 출연하는 종목의 기초 기능을 철저하게 익히고, 치마를 밟고 넘어질 만큼 공연에 몰두한 그 정신을 본받았으면 좋겠습니다.

그렇게 노력했을 때 여러분이 추구하는 성취 욕구가 충족될 것입니다. 그리고 학교생활이 행복해집니다.

---

19) 연합뉴스. 2003.05.23(금) 내용을 간추린 것입니다.

특색 교육활동

독서 교육

학에 발표회가 끝났습니다. 이제는 차분한 마음으로 공부할 때요, 독서할 때입니다. 다음은 독서가 중요한 이유를 밝힌 사례입니다.

'스스로 공부하는 자가 21세기를 지배한다.' 책에서
* 공부를 잘하는 지름길은 독서하는 것이다.
* 어린이의 독서 능력은 학습 기초 능력을 보강해 주는 자양분(滋養分 : 몸의 영양을 도와 건강하게 하는 음식의 성분)'이다.

2003학년도 대학수학능력시험이 끝나고 그것을 분석한 내용이 매스컴을 통해 보도되었습니다.
* 언어영역이 어려웠는데, 언어영역의 문제는 비판적 사고력과 종합적 사고력을 요구하는 문항이 많았기 때문이다.

이처럼 독서는 공부를 잘하는 필요조건이요, 충분조건입니다. 이런 판단에 따라 진원초등학교에서는 독서교육을 특색 교육활동으로 선정하였고, '다양한 독서활동을 통한 표현능력의 향상'이란 주제로 교육활동을 실천하고 있습니다.

독서의 여건 조성

우선 학생들이 읽을 도서를 확충했습니다. 1학기에 262권, 2학기에 270권 모두 532권으로 학생 한 사람 당 평균 10권이 넘습니다.

그리고 도서관을 정비했습니다. 전라남도장성교육청의 지원을 받아 서가 9개를 교체하고, 도서는 십진분류 기준에 의거 찾아보기 좋게 정리했습니다. 이때 협조한 세 분의 학부모에게 감사를 전합니다.(참고로 학부모의 글을 첨부합니다.)

도서관을 개방했습니다. 아침 자습 시간, 점심시간, 하교 후 버스를 기다리는 시간 등 학생들의 형편에 따라 적절하게 이용하도록 상시로 개방했습니다.

다양한 독서활동의 전개

독서 여건을 잘 정비해 놓아도 학생들이 이용하지 않으면 아무 소용없습니다. 자기가 읽고 싶은 책을 찾아내는 요령, 책의 내용을 파악하는 요령 등 도서관 이용에 관한 교육은 도서실에서 직접 지도하였습니다. 독서 일기 쓰기 독서 토론회 독서 감상문 쓰기 동화구연하기 등 행사를 개최하여 자기의 생각을 효과적으로 표현하는 능력을 개발하도록 조장하였으며, 독서 수료제의 운영으로 건전한 독서 습관이 형성되도록 도모했습니다.

가을은 독서의 계절입니다. 장차 국가와 고장의 발전에 공헌할 그때를 생각하며 지금은 힘써 독서할 것을 권장합니다.

참고로 진원초등학교 5학년 장다연 학생의 독서 사례를 소개합니다.

※ 도서관 도우미로 활동한 학부모(○명자, 3학년 ○채련의 어머니)의 글[20]을 첨부합니다.

2003년 11월 13일(목)

늦가을 정취를 만끽하며 사식을 즐기기에 너마나도 좋은 화창한 날! 맑고 고은 파란 하늘에 동동 떠다니는 하얀 양털 같은 구름은 입술에 대면 사르르 녹는 솜사탕을 연상케 하고 여기저기 울긋불긋 오색으로 단장한 나뭇잎들의 유혹을 뒤로 한 채 우리는 전라남도 교육청에서 주관하는 학교 도서관 활성화를 위한 학부모 도우미 연찬회에 참석하기 위해 영산포초등학교로 향했다. 각 지역의 학교에서 오신 학부모 도우미들이 자리를 메우고 계셨다.

김장환 교육감님의 인사 말씀에 이어 학교에서 도우미로 활동한 몇 분의 사례 발표도 들었다. 사례 발표의 결론적인 내용은 학생들에게 학교 도서관 활용으로 책을 많이 읽히자는 한결같은 내용이었다.

특히 교육감님이 하신 말씀 중에 '세상에서 가장 강한 사람은 자신과의 싸움에서 이긴 사람과 모든 사람에게서 배워가는 사람이다.'는 것과 반대로 가장 약하고 나쁜 사람은 '현재 자기 위치에서 만족하고 노력하지 않는 사람이다.'는 말씀이 기억에 남는다. 전자처럼 살지 못한 내 인생의 발자취를 되돌아보게 한 말씀이다.

부모로서 아이들의 본보기가 되도록 집에서 책이나 신문 읽는 모습을 많이 보여 주리라 마음먹었다. 책을 다 읽고 나서는 감명 깊었던 구절이나 내용을 요약하여 메모한 것을 들려주는 좋은 습관을 기르도

---

20) 진원초등학교 2003학년도 학교문집 '빛으로 가는 아이들' 133-134쪽에 실려 있음~

록 힘쓰려고 한다. 그렇게 하여 문장력과 어휘력이 길러지는 것과 인생을 개척할 수 있는 길이 있다는 것을 아이들에게 인식시켜 주어 야겠다.

2003년 11월 25일(화)

장성중앙초등학교 도서관에서 장성중앙초등학교와 월평초등학교 의 도서관 리모델링 결과 보고를 듣고 난 후 두 학교의 도서관을 견학 했다.

장성중앙초등학교 도서관 실내 분위기는 화이트 계열로 잘 정돈되 어 깔끔하고 차분한 인상을 받았고, 월평초등학교 도서고나 실내 분 위기는 기존의 딱딱한 분위기를 탈피해서 모둠학습공간, 대형영상시 청각공간, 문헌자료 공간, 종합공간, 대출·반납공간 등으로 구분하 여 아늑하고 포근한 인테리어로 꾸며져 인상에 남는다. 지난번 영산 포초등학교 도서관에서 받은 이미지와 유사한 점들도 많았다.

우리 진원초등학교 도서관도 하루 빨리 리모델링이 되었으면 좋겠 다.

우리 어린이들이 도서관을 자주 이용하고, 책을 통해서 지식을 쌓 아 당당하고 자신감 있는 어린이로 자랐으면 하는 마음이다.

진정한 독서왕

장다연

'방학 동안에 도서실을 개방했으면 좋겠다.'는 학부모의 요구사항을 받아들여 도서실을 개방했습니다. 학교 도서실은 방학 중 공사를 하는 관계로 과학실에서 책을 읽습니다.

무더위가 계속되는 데도 학교에 나와 책을 읽는 학생들이 있었습니다.

2004년 8월 25일(수), 여름방학이 끝나가는 시점에 학교에서 책을 읽은 아이들이 있었습니다.

6학년 : ○효경, ○문형, ○지연(3명)

5학년 : 장다연, ○여진, ○정아(3명)

3학년 : ○태웅(1명)

1학년 : ○정음(1명)

모두 8명입니다. 6학년 효경이도 나오고, 5학년 정아와 2학년 태웅이 남매도 나왔습니다. 그들이 나오면 나란히 앉아서 책을 읽습니다. 보기에 참 좋습니다. 6학년 남학생 문형이와 지연이도 나왔습니다. 이들은 독서보다는 컴퓨터 게임을 하려는데 관심이 많습니다.

이들 학생 중 5학년 장다연 학생은 여느 학생들과는 달랐습니다. 방학 동안에 하루도 거르지 않고 학교에 나왔습니다. 다연이의 어머니 말에 의하면 시키지 아니하여도 자기가 그렇게 나온다는 것입니다.

다연이의 독서하는 태도를 보면 다른 학생의 모범이 됩니다. 아이들이라 간혹 소곤소곤 이야기를 해도 다연이는 절대로 거기에 끼어들지 않습니다. 전혀 흔들림이 없고 오로지 독서에만 집중했습니다.

다연이가 방학 동안에 읽은 책을 학교 홈페이지에 올렸는데 그것을 여기에 옮깁니다. 오자나 탈자도 있었지만 그것을 고치지 아니하고 그대로 옮깁니다.

***

제가 방학 동안에 학교 도서실에서 읽은 책을 소개하겠습니다.

7월 21일부터 22일까지 : 12살에 부자가 된 키라 2

7월 22일부터 22일까지 : 톨스토이 단편선 1

7월 23일부터 23일까지 : 톨스토이 단편선 2

7월 23일부터 23일까지 : 짧은 동화 긴 생각

7월 26일부터 26일까지 : 공포 특급

7월 26일부터 26일까지 : 짧은 동화 큰 행복

7월 26일부터 26일까지 : 마법 천자문 1

7월 27일부터 27일까지 : 마법 천자문2

7월 27일부터 27일까지 : 마법 천자문 3

7월 28일부터 28일까지 : 마법 천자문 4

7월 28일부터 28일까지 : 구운몽

7월 28일부터 28일까지 : 배고픈 늑대, 배부른 여우

7월 28일부터 29일까지 : 늑대야 늑대야, 뭐하니

7월 29일부터 29일까지 : 니들이 유머를 알아?

7월 29일부터 30일까지 : 은총이와 은병이

7월 30일부터 8월 5일까지 : 사오정이 된 아빠

8월 5일부터 9일까지 : 물새가 된 조약돌

8월 9일부터 10일까지 : 잃어버린 엄마의 이름

8월 10일부터 11일까지 : 볏밭으로 가는 은빛 사다리

8월 11일부터 12일까지 : 하늘을 나는 하얀 코끼리

8월 12일부터 13일까지 : 정리형 아이

8월 13일부터 16일까지 : 하늘도 감동한 개똥 보리밥

8월 16일부터 16일까지 : 톰 소여의 모험

8월 17일부터 17일까지 : 얘들아 이런 바보 봤니?

8월 17일부터 20일까지 : 간 큰 꼬마 여우

8월 20일부터 23일까지 : 우정 가꾸기

8월 24일부터 24일까지 : 일기 감추는 날

8월 24일부터 25일까지 : 초능력 햄스터포치

8월 25일부터 : '장가가는 구렁이'

진원초등학교의 진정한 독서왕은 5학년 장다연 학생입니다. 이 학생은 장차 모교의 이름을 빛낼 것입니다. 나는 그것을 믿습니다.

※ 참고로 장다연의 어머니(ㅇ 선)가 보낸 편지를 첨부합니다.

책을 통한 다양한 경험

푸르름이 더해가는 계절에 오늘도 여전히 흐트러짐 없이 학교에 가는 네 모습이 참 아름답다.

1993년 1월 12일, 그 해 겨울은 유난히도 춥게 느껴졌던 새벽이었어. 세상 구경하고 싶다고 힘차게 문을 두드리며 신호를 보냈었던 너……

엄마와 아빠는 출산 준비물을 차에 싣고 교통신호도 위반해가면서 병원에 도착했었단다. 그리고 의사 선생님의 도움을 받아 너를 맞이했지. 그 때 아빠와 엄마는 너를 보고 얼마나 기뻐했는지 모를 거야. 엄마는 신생아실 유리창 너머로 너를 보고 10분만 지나면 또 보고 싶어 달려갔던 기억이 지금도 생생하다.

그 때가 엊그제 같은데 어느 새 초등학교 4학년이 되었다. 학년이 올라갈수록 해야 할 공부도 어려워지고 깊은 이해와 사고력을 요구하는 내용들이 많은데도 잘 따라가고 있는 네가 정말 대견스럽다.

엄마는 너에게 미안하게 생각하는 것이 있어. 이럴 때부터 세상 경험을 다양하게 해주고 싶었는데, 마음대로 되지 않았단다. 엄마가 우물 안 개구리처럼 움직이는 폭이 너무 좁았던 탓인지 너는 지나치게 꼼꼼한 쪽으로 변해갔어.

물론 부모로부터 타고난 것도 있다고 보지만, 후천적으로 변화시킬 수 있는 기회를 점점 놓쳐가고 있는 현실이 안타깝다.

그래서 엄마가 너에게 부탁하고 싶은 것이 있단다. 문화기행이나 현장에서 체험할 기회가 그리 많지 않으니, 책을 통해서라도 다양한 경험을 할 수 있었으면 좋겠다. 그러다 보면 생각하는 힘과 표현하는 힘이 길러지고, '할 수 있다.'는 자신감도 붙지 않겠니?

 사랑하는 딸, 다연아, 건강하고 바르게 자라라.
 엄마가 곁에서 지켜 줄게.

2003년 6월 26일

현장을 개선하는 사람

포스코 박순복

박순복21)의 어린 시절

박순복은 1966년 전라북도 남원에서 가난한 농부의 셋째 아들로 태어났습니다. 그의 나이 두 살 때, 누나가 고열로 죽자 어머니도 병을 얻어 귀가 멀고 말을 못하게 됩니다. 초등학교 6학년 때 아버지마저 세상을 등지고 맙니다.

끼니를 잇지 못할 정도로 가난한 형편 때문에 초등학교를 졸업하고는 머슴살이를 했습니다. 나중에 두 형의 도움으로 겨우 중학교를 졸업했습니다. 이것이 최종학력입니다.

이처럼 불우한 환경에서도 부모를 원망하지 않았습니다. 자신의 불우한 환경을 극복하기 위해 기술을 배웠습니다.

포스코의 신입 사원 박순복

박순복은 1990년 포항 제철(나중에 포스코로 회사명이 변경됨)의 기능직으로 입사합니다.

---

21) 능력을 꽃 피운 사람들. 교육인적자원부 p189-195

3개월 동안이나 계속된 신입사원 교육을 받을 때, 그는 새벽 5시에 출근했었고, 12시간의 강도 높은 훈련을 받았습니다. 그는 이것을 끝까지 참고 견디었습니다.

배치 받은 작업 현장도 근무 시간 내내 잠시도 긴장을 늦출 수 없을 정도로 위험하고 노동 강도가 높은 곳이었습니다. 이렇게 열악한 작업 환경이었지만 전혀 불평하지 않고, 오히려 현장 설비를 개선하기 위해 노력합니다.

이런 과정에서 '괜한 일을 한다.'고 동료로부터 따돌림을 당하기도 했었고, 시말서를 쓰기도 했습니다. 그래도 이런 일이 굴하지 않고 현장을 개선하려고 노력했습니다.

작업 현장 개선을 위한 노력

그런데 제철산업용 기계들이 간혹 고장을 일으킬 경우가 있었습니다. 그럴 때마다 외국에서 기술자를 데려 왔는데, 시간도 많이 걸리고 수리비용도 많이 들었으며 그 비용이 모조리 외국으로 빠져나가는 것입니다.

이점을 안타깝게 생각한 그는 기계를 제대로 다룰 수 있도록 그 기계의 메뉴얼(주 : 기계의 기능이나 성능을 설명한 책)을 놓고 공부했습니다. 그러나 외국어로 되어 있는 매뉴얼을 제대로 이해할 수 없었습니다. 박순복은 영어와 일어를 공부하면서 매뉴얼을 익혔습니다. 이렇게 하며 기계 다루는 기술을 습득했습니다.

뿐 만 아닙니다. 외국의 기계를 대체할 수 있는 발명품 연구에 전념했습니다. 아이디어가 떠오를 때에는 그것을 놓치지 않으려고, 손바닥에 깨알 같은 글씨로 메모했다가 전문서적을 뒤적이며 밤새도록 연구했습니다. 현장에서는 작업 내용이 기록된 수첩을 작업복 주머니에 넣고 다니면서 의심스러운 것이 있으면 그것을 꺼내 거듭 확인했습니다.

'신지식 특허인'으로 선정되다

박순복은 결국 발명품을 만들어 냈습니다. 260여억 원의 수입 대체 효과가 있는 기계, 320여억 원의 원가를 절감하는 획기적인 발명품입니다. 이런 공을 인정받아 1995년에 '포스코 발명왕'에 선정되었습니다.

1997년에는 2,000여 건의 신기술을 개발한 것을 인정받아 '포스코 발명왕'으로 '올해의 포철인'으로 선정되었고 더 나아가 '한국 제안왕'의 영예를 안았습니다.

2001년에는 250여 건의 특허를 획득함으로써 특허청에서 인정하는 '신지식 특허인'으로 선정되었습니다.

모든 기술자가 선망하는 '신지식 특허인'으로 인정받은 박순복, 그는 맡은 바 임무를 완수하기 위해 부단히 연구했었고, 제철 산업의 기술을 축적하려고 끊임없이 노력했습니다.

자신의 열악한 환경을 개선하는 일은 누가 시켜서 되는 것이 아닙니다. 어느 날 갑자기 이루어지는 것도 아닙니다. 꾸준히 노력해야 이루어집니다. 영광스러운 그날을 바라보며 지금은 열심히 공부해야 합니다.

생산적 교육활동

학교 소식지 '진원교육'

'진원교육'[22]은 진원초등학교에서 발간한 학교 소식지입니다. 학교에서 추진하는 교육활동을 학부모에게 알리려는 목적으로 발간해 왔습니다. '진원교육'은 오늘로써 제20호를 발간했습니다. 그 동안 '진원교육'을 통해 나타난 진원초등학교의 교육활동을 간략하게 되돌아봅니다.

진실 되고 창의적인 인간 육성

학교 소식지 '진원교육'을 통해 학교에서 추구하는 인간상 즉 '진실 되고 창의적인 인간'을 실현하자고 누누이 강조했습니다. 장차 나라와 고장의 발전에 공헌할 훌륭한 지도자로 성장하는 것을 인생 목표로 제시했습니다.

'지도자'란 조직이나 단체의 우두머리가 되어 이끄는 사람을 가리킨다. 그러나 진원초등학교에서 말하는 지도자란 그 범위를 넘어 자신의 인생 목표를 설정하고 그것을 실현하려고 애쓰는 사람 즉 제7차

---

22) '진원교육'은 2003학년도에 진원초등학교에서 발간한 교육 소식지로 제20호까지 발간했습니다.

교육과정에서 강조하는 자기 주도적인 능력을 배양하려고 애쓰는 사람이라고 정의했습니다. '훌륭한 지도자'란 하나의 조직원으로서 맡은 바 임무에 충성하며 자기가 속한 단체를 건전하게 발전시키는 사람이요, 어려움이 닥치더라도 그것을 참고 견디어내는 사람이라고 하며 '진실 되고 창의적인 인간'을 실현하도록 노력하자고 강조했습니다.

이런 내용을 '진원교육'에 실었습니다. 일관성을 유지하며 교육이 이루어지는 현장에서 적시에 그리고 일회에 그치지 아니하고 반복하여 계속적으로 강조하였습니다.

생산적 교육활동

학교에서 이루어지는 교육활동을 나는 소비적 교육활동과 생산적 교육활동으로 구분합니다.

교육했던 내용을 얼마나 알고 있는지 평가하는 필기시험은 소비적 교육활동의 대표입니다.

이 반하여 생산적 교육활동은 매우 다양합니다. 건전한 습관을 형성하기 위한 칭찬카드 기록하기, 강인한 체력을 기르려는 오래 달리기 실적 기록하기, 독서 카드 기록하기 등이 생산적 교육활동입니다. 독서 토론회, 과학경진대회, 가창발표대회, 필수악기 연주대회, 각종 글짓기, 그리기 대회 등 교육행사를 통해 표현의 기회를 제공하는 것도 생산적 교육활동이요, 소풍, 운동회, 야영·수련활동, 학예 발표회 등의 행사활동에서는 일부 프로그램을 어린이들이 스스로 기획하고 진행하도록 추진한 것도 생산적 교육활동에 해당됩니다.

소비적 교육활동도 가치 있는 일이지만 이 보다는 생산적 교육활동을 더 강조합니다. 이런 의미에서 겨울방학이 끝나면 작품 전시회와 자랑 발표회를 갖는다고 안내했습니다. 방학 중이지만 어린이들이 생산적 교육활동을 하기 바라며 기획한 교육행사입니다.

　이상 학교에서 이루어지는 갖가지 교육활동을 종합적으로 안내한 학교 소식지 '진원교육' 역시 생산적 교육활동의 좋은 열매입니다.

가장 좋은 교수법

칭찬

2004년 9월 24일은 칭찬카드를 제출하는 날입니다.

칭찬카드란 학교에서 생활하는 동안 나타난 어린이의 바람직한 행동을 칭찬해주고 그것을 기록하는 카드입니다. 누적기록이 10회가 된 어린이에게 학교장 이름으로 모범 어린이장을 수여하기 위해 칭찬카드를 수합했는데, 1학기에 2번 제출하였고 이번까지 3번째입니다.

모범 어린이장제는 어린이들의 양습관을 형성하도록 조장하는 생활지도의 적극적인 방법입니다.

이번 모범어린이장 수상자는 모두 25명이었습니다. 이 중에는 모범 어린이장을 2장 받는 어린이가 5명 있어서 모두 30장을 수여합니다.

학급별로 살펴볼 때, 수상 학생이 9명(모범 어린이장 11매)이나 되는 학급이 있는가 하면 하나도 없는 학급도 있었습니다. 심지어 2004학년도에 들어서 1학기를 마치고 또 한 달이 다 되어 가는데 단 1명(1매)에 그친 학급도 있었습니다.

이런 것을 보면 칭찬하는 것도 하나의 숙달된 교수 기술인 것이 분명합니다.

"칭찬을 많이 해주세요." / "칭찬할 것이 없어요."
선생님으로부터 이런 말을 들으면 마음이 아픕니다.

선생님들은 하루에 대여섯 시간 이상을 어린이들과 함께 교실이라는 좁은 공간에서 교육활동을 합니다.

수업 중에 발표를 똑똑하게 하는 어린이도 있을 것이고, 수학 문제를 정확하게 풀어내는 어린이도 있을 것이며, 아주 작은 것이지만 진주와 같이 빛나는 아이디어를 생산해 내는 어린이도 있을 것입니다.

가정 학습 과제를 성실하게 수행한 어린이, 글씨를 예쁘게 쓰거나 그림을 잘 그려서 학급의 벽신문을 아름답고 풍요롭게 장식한 어린이, 학습 능력이 다소 부진한 어린이가 어제보다 더 나은 행동을 보일 경우도 있을 것입니다. 조금만 관심을 가지면 칭찬할 것이 너무 많습니다.

그런데 '칭찬할 것이 없다.'는 말을 들으면 가슴이 답답해집니다. 천방지축 날뛰는 어린이들을 어떻게 통제할까? 칭찬 한 마디 없는 교실이 얼마나 삭막할까 염려스럽기도 합니다.

60을 바라보는 나도 칭찬의 말을 들으면 기분이 좋은데, 하물며 어린 아이들이 칭찬의 말을 듣고 싶지 않겠습니까?

진원초등학교에서 시행하는 모범 어린이장제는 어린이의 바람직한 행동을 적극적으로 끄집어내서 공개적으로 칭찬하려는 교육시책입니다. 그것이 좋은 습관으로 정착되도록 강화하려는 생활지도의 방법입니다.

이런 관점에서 볼 때 초등학교에서의 가장 좋은 교수법은 칭찬입니다.

제5장

수업, 영혼이 있는 승부

국어 교과의 토론 수업

콩쥐의 순종

    2002년 10월 15일(화)은 수업을 참관하는 날입니다. 나는 토론 수업을 하는 5학년 교실로 들어갔습니다. 전래동화 '콩쥐와 팥쥐'를 근거로 하여 토론이 진행되었는데, 그 주제는 '왕이 베푼 잔치에 참여하고 싶은 콩쥐에게 집안의 일을 먼저 하라고 지시하는 계모의 명령'에 관한 것이었습니다.

    학생들은 각자 의견을 내놓으며 논쟁이 벌어졌습니다.

  * 도예 "콩쥐처럼 그런 일을 나에게 시키면 '하지 않겠다.'고 말하겠어요."

    도예의 태도가 얼마나 당당합니까?

    우리는 지금까지 어른의 말에 따르는 것만 가르쳤습니다. 일의 전후를 살피거나 사태를 파악하여 그에 적절한 대응방안을 모색하는 일은 생각지도 아니하였습니다. 그렇게 했다가는 '어른이 말하는 데 말대꾸 한다'고 야단맞기 일쑤였기 때문입니다. 도예처럼 매사에 당당한 태도를 지니도록 교육하는 것도 바람직하게 여겨집니다.

  * 지현 "콩쥐가 착한 일을 한 게 없어요. 시켜서 한 일은 착한 일이

아니어요."

지현이의 예리한 판단력이 느껴집니다. 자기 스스로 한 일이 아니기 때문에 착한 것이 아니라는 지현이의 의견이 타당한 면도 있습니다. 자기 스스로 한 일에 더 많은 칭찬이 주어지고 더 가치 있다고 판단하는 지현이의 생각에 동감합니다.

* 민희 "콩쥐는 매우 착합니다."

이 발언에서 민희의 순종하는 미덕이 돋보입니다.

콩쥐는 자기를 미워하는 계모의 명령에 순종했습니다. 아무리 생각해 보아도 실현할 수 없는 명령임에도 순종했으며, 그런 명령에 진혀 불평하지 아니 하였습니다. 그래서 순종하는 '콩쥐가 착하다'고 말한 것 같습니다.

성경에서도 '여자는 일체 순종함으로 조용히 배우라.'[디모데 전서 2장 11절] 고 말씀하셨는데, 순종하는 콩쥐에게 기적이 일어납니다. 밑 빠진 독의 구멍은 두꺼비가 막아 주고, 쌀 방아는 참새 떼가 날아와서 해결했으며, 밭을 가는 일은 황소가 도와주었습니다. 뿐 만 아닙니다. 잔치에 갈 수 있도록 비단 옷과 유리 구두를 마련해 주었고 마차도 준비해 줍니다. 마침내 왕자와 춤추는 영광을 누립니다.

나는 오늘 참관한 5학년의 토론 수업에서 매우 귀중한 교훈을 얻었습니다. 그것은 나에게 맡겨진 '사명에 순종하라'는 것입니다. 예산이 부족하다고 혹은 담당할만한 인물이 없다고 불평하거나 포기하지 말라는 것입니다. 마땅히 해야 할 일에 정성을 다하라는 것입니다. 그렇게 할 때 비로소 천국 잔치에 참여하는 축복도 임한다는 진리를 깨닫습니다.

과학 교육의 질 관리

과학실험실기대회

교육의 질 관리

제 7차 교육과정에서는 '교육의 질 관리'를 강조하고 있습니다. '교육의 질 관리'란 무엇일까?

이에 관한 견해를 몇 가지 소개합니다.

어떤 교육 행정가는 초등학교의 학제를 5년으로 개편하자고 주장합니다. 또 어떤 분은 입학 시기를 날씨가 풀리지 아니한 3월에서 미국처럼 9월로 바꾸자는 의견도 제시합니다. 어떤 학부모는 겨울방학부터 시작되는 학년말의 교육에 대한 질 관리를 요청하기도 합니다.

초등학교에서 30년이 넘도록 교원으로 근무한 나의 생각은 다릅니다. '교육의 질 관리'란 교육의 질적 수준을 높이는 것이라고 생각합니다. 여기에서 '수준을 높인다.'는 말은 5학년을 6학년 수준으로 높이는 것 혹은 초등학생 수준을 중학생 수준으로 높이는 것을 의미하는 것이 아닙니다.

해당 학년, 해당 교과의 교육 목표를 분명하게 인식하고 그것을 달성하기 위해 학교에서 통상적으로 이루어지는 수업의 질을 높이는 것을 말합니다.

이런 관점에서 볼 때, '교육의 질 관리'의 핵심은 학교 교육이요, 그 주체는 교실에서 학생을 상대하는 교사입니다.

진원초등학교에서는 '교육의 질 관리'를 어떻게 하고 있을까? 그 좋은 예로 과학 실험실기대회가 있습니다.

과학 실험실기대회는 '탐구 능력의 배양'이란 진원초등학교 교육계획에 명시된 과학 교과의 교육 중점을 근거로 실시합니다. 담당교사가 작성한 실험지시서에 따라 실험장치 설치하기, 실험기구 다루기, 측정하기, 실험 결과 진술하기, 결과 해석하기 등 과학 탐구 능력을 평가합니다.

따라서 과학 실험실기대회를 시행하는 궁극적인 목적은 과학 '교육의 질 관리'에 있습니다.

학교의 당면 과제 해결을 위한 교육의 질 관리

진원초등학교에는 절실하면서도 시급히 해결해야 할 과제가 있습니다. 그것은 현재 54명에 불과한 학생 수를 적정 수준으로 늘리는 것입니다.

이를 위해서는 통학차를 운영한다든지 경제적인 지원을 한다든지 이런 특단의 조치가 요구되지만 그것은 우리가 할 수 있는 일이 못됩니다. 우리가 할 수 있는 일은 단 한 가지 학생을 가르치는 일뿐입니다.

만약 '진원초등학교가 공부를 잘 가르친다.'는 소문이 나면 광주 시내에서 승용차로 10분 거리에 위치하고 있으니 학생들이 모여들게 될 것입니다. 우리가 교육의 질 관리에 노력해야 할 당위성이 여기에 있습니다.

과학 실험실기대회의 행사 목적은 과학 교육의 질 관리에 있지만, 학교의 당면 과제를 해결하기 위해서도 꼭 필요한 교육행사입니다.

나는 진원초등학교 교감으로 교육의 질 관리에 필요한 소금입니다. 그 맛을 잃지 않도록 충성하고자 합니다.

음악 교육의 질 관리

필수악기 연주대회

2004년 10월 15일(금)에는 필수악기 연주대회를 실시합니다. 이는 음악 교육의 질 관리를 위한 행사인데 금년에는 1, 2학년도 참여했습니다.

국가수준 교육과정에서는 음악 교과의 목표를 기초적인 음악 개념을 이해하고, 다양한 음악활동을 경험하여 음악에 대한 흥미와 즐겨 참여하는 태도를 기르는 것이라고 밝히고 있습니다,

진원초등학교에서는 음악 교과의 목표 달성을 위해 두 개의 행사를 추진하고 있습니다.

첫째, 가창발표대회는 며칠 전에 끝났습니다. 이 행사는 통상적으로 실시하는 가창 영역의 평가 상황을 다른 선생님과 학생들에게 공개한 것입니다.

'음악의 기초적인 개념을 이해하고 있는가?

'리듬, 음정, 화성 등을 살려 창의적으로 표현했는가?'

'음악에 대한 흥미를 갖고 즐겁게 참여하고 있는가?'

이상의 관점에 따라 평가를 실시함으로 평가의 객관성이 확보되었고, 교사 상호간에 음악 교과의 수업 기술과 평가 방법을 공유하게 되었습니다.

둘째는 필수악기 연주대회입니다.

진원초등학교에서는 학년 발달 수준에 따라 연주할 악기를 선택했는데, 3학년은 멜로디언을 4학년은 리코더를 5학년과 6학년은 단소로 정했습니다. 연주할 곡도 해당 학년의 교과서에서 담임교사가 선정하였으며 그 결과 3학년은 동요 '잠자리'를, 4학년은 동요 '꽃밭에서'를 연주하며, 5학년은 민요 '아리랑'을, 6학년은 전래동요 '끼리끼리'를 선정하여 연습하고 있습니다.

1학년과 2학년은 탬버린, 심벌즈, 캐스터네츠 등 리듬악기를 이용한 합주형태로 평가를 실시합니다.

필수악기 연주대회를 통해 얻는 것이 많을 것입니다. 교사는 악기를 다루는 기능이 향상될 것이며 그것을 지도하는 요령도 터득하게 될 것입니다. 학생들은 동요 한 곡을 완전히 연주할 만큼 그 기능이 향상될 것이며, 부수적으로 성과로 하나의 곡을 완주할 때까지 그것에 집중하는 태도가 길러질 것입니다.

이렇게 볼 때, 진원초등학교에서 시행한 가창발표대회와 앞으로 시행할 필수악기 연주대회는 음악 교과의 목표 달성을 위한 행사이면서 음악 '교육의 질 관리'에 매우 효과적인 교육 행사입니다.

통합 교과, 즐거운 생활(1)

어떻게 수업할까?

　○○초등학교에서 'ICT활용을 통한 좋은 수업 어떻게 할 것인가?' 란 주제로 수업을 공개했는데, 나는 1학년 교실에서 '즐거운 생활' 교과의 수업을 참관했습니다.

　수업 교사는 2002년도 수업장학요원으로 활동하면서 교감 선생님들이 참관한 가운데 2학년을 데리고 수업을 공개한 바 있는 매우 유능한 교사입니다.

통합 교과 '즐거운 생활' 수업인가? 음악 수업인가?

수업 안에서 밝힌 수업 내용은 다음과 같습니다.

* 교과명 : 즐거운 생활
* 단원명 : 1-1-5. 아름다운 우리 마을
* 수업 목표 : 긴 소리와 짧은 소리를 알고 노래를 부를 수 있다.
* 제재곡 : 우리 마을(경북지방에서 즐겨 부르는 전래동요)
* 주요 리듬

저 비 행 기   봤 ~ ~ 냐   1박자
저 기 ~ 차   봤 ~ ~ 냐   2박자
저 해 ~ ~   봤 ~ ~ 냐   3박자

수업 교사는 전래 동요 '우리 마을'의 가사 '저 비행기'에서 '비' '행' '기'는 1박자의 짧은 소리를 내고, '저 기- 차'에서 '기 ~ '는 2박자의 긴 소리를, '저 해 ~ ~ '에서 '해 ~ ~ '는 3박자의 긴 소리를 내야 한다고 설명했습니다. 수업이 진행되는 40분 동안 긴 소리와 짧은 소리를 분별하는 음악활동으로 일관하면서 수업 목표의 달성을 위해 혼신의 노력을 기울였습니다.

그렇지만 안타깝게도 이 수업은 통합교과 '즐거운 생활'의 수업이 아니라 '음악' 교과의 수업이 되고 말았습니다.

통합교과의 수업, 어떻게 하나?

통합교과 '즐거운 생활'의 수업은 어떻게 전개해야 할까? 본 수업 사례를 중심으로 살펴봅니다.

본 수업의 목표는 음악활동 중심의 표현이고 교과서에서는 제시한 '윷가락 치기'의 놀이는 곁들이라는 활동입니다.

예를 들어 봅니다.

전래동요 '우리 마을'을 부르면서 윷가락으로 4박자의 박자차기(◎ ° ○ °)를 합니다. '저 비 행 기'에서 '비' '행' '기'는 한 번 치는 동안 소리를 내고, '저 기 ~ 차'에서 '기 ~ '는 두 번 치는 동안 소리를 내며, '저 해 ~ ~ '에서 '해 ~ ~ '는 세 번 치는 동안 소리를 냅니다.

이 수업은 음악활동의 '표현'을 중심으로 수업을 전개하되 윷가락 치기의 놀이를 통합하여 수업을 전개해야 합니다. 그렇게 했을 때 비로소 통합교과로서 '즐거운 생활' 교과의 수업이 됩니다.

초등학교 교사는 통합교과 '즐거운 생활'에 대하여 보다 깊은 이해가 필요한 것 같습니다.

통합 교과, 즐거운 생활(2)

무엇을 통합하나?

'즐거운 생활' 교과는 초등학교 1학년과 2학년 학생들을 위한 통합 교과입니다. 이 교과는 무엇을 통합하고, 그것을 어떻게 통합할 것인지 나의 의견을 정리해봅니다.

교과 영역 '놀이와 표현', '감상', '이해'의 통합

'즐거운 생활' 교과의 수업은 이 교과의 영역 곧 '놀이와 표현', '감상', '이해' 등을 통합해야 합니다.

단위 시간 40분 동안에 '놀이와 표현' 중심으로 수업을 전개하되, '감상'이나 '이해' 영역도 함께 다루어야 한다는 것입니다.

그러면 영역별 시간 배정 비율을 얼마로 할까? 내가 생각하기에는 '놀이와 표현' 70%(28분), '감상' 20%(8분), '이해' 10%(4분) 정도가 적당한 것 같습니다. 그러나 영역을 통합할 때, 28분 동안 '놀이와 표현' 활동을 하고 나머지 8분은 '감상' 4분은 '이해' 관련 수업을 하는 등 물리적으로 시간을 배분하는 것이 아닙니다.

'놀이와 표현' 활동을 중심으로 수업을 진행하되 그 사이사이에 '감상'도 하고 활동의 규칙이나 기술을 설명하는 '이해'의 시간도 갖는 방식으로 영역을 통합해야 합니다.

앞의 수업 내용에서 예를 들어 봅니다.

'저 해 ~ ~'에서 '해 ~ ~'는 3박자 동안 소리를 내는 교육활동은 '놀이와 표현'영역의 활동이고, 학생들이 3박자 동안 소리를 올바르게 내는지 판단하게 하면 이것은 '감상' 영역의 활동에 해당됩니다. 그리고 음표 '♪'은 1박자 '♩.'는 3박자라고 가르치면 이것은 '이해' 영역의 활동이 됩니다.

즐거운 생활 교과의 수업은 '놀이와 표현', '감상', '이해' 등 교과 영역의 세 가지 활동이 단위 수업시간에 통합적으로 이루어져야 합니다.

내용 요소 '놀이'와 '표현'의 통합

'즐거운 생활' 교과의 수업은 '놀이'와 '표현'의 활동 중심으로 진행해야 합니다. 그렇다고 단위 수업 시간을 온통 놀이만 하거나 표현만 하는 것이 아닙니다.

만약 수업의 목표와 직결되는 활동이 '놀이'이면 음악 활동이나 조형 활동의 표현을 곁들이고, 만약 수업의 목표와 직결되는 활동이 음악활동 혹은 조형 활동의 '표현'이면 '놀이'를 곁들여서 통합해야 합니다. 이때 수업 목표와 직결되는 활동을 중심활동이라 하고 곁들이는 활동을 보조 활동이라고 나는 구분합니다.

통합교과 '즐거운 생활'의 수업은 '놀이'와 '표현'을 통합하여 활동 중심으로 전개해야 합니다.

초등학교 교사에게는 통합 교과 '즐거운 생활'에 대하여 깊이 이해하는 노력이 요구됩니다.

영혼이 있는 승부

수업

안철수의 저서 '영혼이 있는 승부'를 읽고 느낀 점을 간단히 적어봅니다. 저자는 서울대학교 의과대학을 졸업한 의사입니다. 그러나 학교에 다닐 때, 의학공부를 하면서 또 다른 분야인 컴퓨터 공부를 하여 'V3'(브이 삼)이란 컴퓨터 바이러스 백신 프로그램을 개발한 것으로 유명하며, 이것이 바탕이 되어 현재 벤처기업의 CEO(최고 지도자)로 자리 매김하고 있는 분입니다.

그가 기업인으로 성공할 수 있었던 원인은 무엇일까?

안철수씨는 무슨 일이든지 남의 힘에 의지하지 않았습니다. 자기의 수준에서 가능한 일에 도전함으로써 작품을 개발하기 위해 밤낮 없이 연구하고 수고하면서도 남의 힘을 빌리려 하지 않았습니다. 사업 자금을 확보할 때에도 은행의 힘을 빌리려 하지 않았습니다.

이처럼 매사를 남의 힘에 의지하지 않았습니다.

우리가 학생들에게 과제를 부여할 때에도 부모의 힘을 의지하지 말고 학생들 스스로 감당할 과제를 제시해야 합니다.

이것이 책임감을 기르는 교육 방법입니다.

회사를 경영하는 그의 원칙은 남달랐습니다. 다음은 안철수씨가 회사를 경영할 때의 원칙입니다.

* 일할 직원을 뽑을 때에 기술이나 능력보다는 그가 '어떤 가치관을 가지고 있는가?'에 초점을 맞추어 선택한다.
* 기업이란 근본적으로 이익을 추구하지만 그것이 최선의 목표가 될 수는 없다.
* 회사에서 일하는 동안 개인의 발전을 도모하고, 또 개인의 발전을 통해 회사가 이익을 남기는 것이 가장 바람직하다.

진원초등학교 어린이 모두가 안철수씨와 같은 CEO로 성장하기를 원합니다. 회사의 이익만 추구하기 보다는 직원들의 발전과 이익을 배려하고, 기술이나 지식보다는 국가를 더 소중하게 여기는 안철수의 가치관을 본받으면 좋겠습니다.

그것을 실천하는 자기 인생의 지도자로 성장하기를 원합니다.

학생들에게 소중한 가치관을 심어주는 교육활동 중에서 가장 중요한 것은 수업입니다. 교사에게 수업은 안철수씨가 주장하는 것처럼 '영혼이 있는 승부'입니다.

교감인 나도 안철수씨의 경영관을 본받고자 합니다. 교육의 성과만을 강조하기 보다는 선생님들의 수업이 '영혼이 있는 승부'가 되도록 적극 지원하고자 합니다.

초등 교육

아이의 인생이 달려있다

교육 경력이 30년을 넘는 나에게 초등학교 교육의 중요성을 새삼스럽게 깨닫게 한 책이 있었습니다. 그것은 '아이의 인생은 초등학교에 달려있다'(신의민, 랜덤하우스중앙, 2004)라는 책입니다.

저자가 자기의 아들, 경모와 정모를 키우면서 실천한 사항과 소아정신과 의사로서 초등학생을 대상으로 심리 상담을 통해 알게 된 사실을 근거로 기술한 책입니다.

다만 저자와 그의 남편은 모두 의사로 상류층에 속하기 때문에 위화감을 주는 면도 있었지만 책에서 제시한 교육의 방향이나 방법 중에는 공감된 점이 많았습니다.

'아이의 인생은 초등학교에 달려있다'는 점이다.

이 책의 제목에 나타난 것처럼 초등학교에 다닐 때 생긴 아이의 버릇은 일생 동안 좀처럼 바뀌지 않는다고 강조합니다. 그렇습니다. 초등학교에 다닐 때 좋은 습관을 형성해야 합니다. 중학교에 가면 늦습니다. 진원초등학교에서는 이런 점을 감안하여 모범 어린이장제를 운영하는데 이 책에서 주장하는 교육 원리와 완전히 일치합니다.

학교에 가기 싫어하는 아이

만약 아이가 학교에 가기 싫어하다면, 아이가 새로운 환경에 적응하지 못한다든지, 부모가 아이에게 거는 기대치가 너무 높다든지, 다른 아이와 비교하여 학습 부담을 과다하게 안겨주는 것이라고 하며 그 원인을 가정에서 찾았습니다.

물론 그런 면도 있지만 나의 견해는 조금 다릅니다. 아이가 학교에 가지 않으려고 하는 가장 흔한 이유는 금품 갈취 혹은 집단 따돌림이나 왕따를 당하는 등 그 원인이 대부분 학교에 있었습니다. 따라서 학교에 가지 않으려고 머뭇거릴 때에는 아이의 담임교사와 상담해야 합니다.

아이의 인생을 좌우하는 자신감

이 책에서 강조한 것 또 하나는 아이에게 자신감을 길러 주라는 것이었습니다. 자신감이 있으면 친구를 잘 사귀고, 공부할 때에도 적극적이며, 자기가 하는 일에 정신을 집중한다고 주장하며, 아이가 스스로 한 일을 높이 평가해주고, 아이의 개똥철학을 받아 주라고 합니다.

"나, 열다섯 바퀴도 돌 수 있어야!"

아이들과 어울려 운동장 트랙을 달리던 ㅇ현이가 친구들에게 한 말입니다. 아침 운동 오래 달리기의 하루 목표는 운동장의 트랙을 6바퀴 도는 것입니다. 그런데 ㅇ현 학생은 '15바퀴를 돌 수 있다.'고 자신 있게 말합니다.

이 사례는 진원초등학교에서 추진한 아침 운동 오래 달리기를 꾸준히 실천한 결과 나타난 자신감의 표현입니다.

더불어 사는 것을 가르친다.

공부를 못하는 사람은 살 수 있어도 사람들과 사귀지 못하고 환경에 적응하지 못하면 인생의 기초적 삶인 결혼생활, 직장생활, 가정생활을 제대로 해낼 수 없다고 강조합니다. 참으로 적절한 지적입니다.

진원초등학교 59명의 어린이 중에는 결손 가정의 자녀가 무려 18명(39%)이나 됩니다. 이들의 가정은 대부분 아버지에게 문제가 있습니다. 부모의 불우한 환경이 학생들에게 대물림되지 않도록 훈화를 통해 그것을 일깨웠습니다. '어려움이 있더라도 참고 지금의 상황을 이겨내야 한다.'고 '자기의 불우한 환경을 개선하는 길은 열심히 공부하는 것이다.'고 누누이 강조했습니다. 뿐 만 아니라 야영 · 수련활동, 운동회, 소풍, 학예 발표회 등 교육 행사를 추진할 때에는 학생들을 몇 개의 소그룹으로 조직하여 공동과제를 부여함으로써 더불어 사는 삶을 터득하도록 교육하고 있습니다.

'런 하우 투 런'을 가르치라.

21세기의 생존법으로 아이들에게 '런 하우 투 런(learn how to learn)'을 가르치라고 권장합니다. 이것은 제7차 교육과정에서 말하는 '자기 주도적 학습 능력'과 비슷한 개념으로 '예상하게 만들기' '시범 보이기' '실전 문제를 내주고 생각하게 하기' '비슷한 점과 다른 점 찾게 하기' '같은 방법으로 다른 문제 풀어보게 하기', '배운 것 말로 가르치게 하기' 등은 교육 현장에서 활용하고 있습니다.

진원초등학교에서 추진하고 있는 제반 교육활동은 '아이의 인생은 초등학교에 달려있다'는 책에서 강조하는 가치관과 일치했습니다.

학원에 보내는 이유

학부모의 문제 해결

진원초등학교에도 학원에 다니는 학생이 많습니다. 설문지를 이용하여 그 현황을 파악했습니다.

학원에 다니는 아이들

'어떤 학원에 다니느냐?'는 설문에 학생들은 속셈학원(12%)과 피아노 학원(18%), 태권도 또는 합기도 도장(24%)에 다닌다는 응답이 많았고, 학원은 아니지만 학습지(15%)로 공부하는 학생도 있었습니다.

'왜 학원에 보내느냐?' 는 설문에 부모들은 '소질과 특기를 길러주기 위해서'(24%), '부족한 공부를 보충하기 위해서'(22%) 라는 응답이 많았으며, '친구를 사귀게 하려고'(6%) 라는 소규모 학교의 형편과 관련된 이유도 있었고, '교통이 불편하니까'(4%), '가정에서 돌보아 줄 사람이 없으니까'(4%) 등 학교의 지리적 특성이나 자녀가 많지 아니한 것도 중요한 이유였습니다.

학원 교육의 실상

학원에서는 어떻게 공부할까요? 예를 들어 겨울방학이 되면 6학년 학생들에게 중학교에서 배울 영어나 수학을 가르칩니다. 학교에서 가르치는 것보다 앞서 지도합니다. 이렇게 공부하는 것을 '선행학습'이라 말합니다.

장흥군 어느 학교, 5학년을 대상으로 '2와 3의 최소공배수 구하기'의 수학교과 수업시간입니다.

먼저 2와 3의 배수를 구했습니다.

2의 배수 : 2, 4, 6, 8, 10, 12, 14, 16, 18 …

3의 배수 : 3, 6, 9, 12, 15, 18 …

2의 배수와 3의 배수에 공동으로 들어 있는 6, 12, 18 … 는 2와 3의 공배수이다. 공배수 6, 12, 18 중에서 가장 작은 공배수 6은 2와 3의 최소공배수이다.

이렇게 수업을 진행하는데 한 학생이 공부에 집중하지 않았습니다. '왜 그러느냐?'고 물으니, '학원에서 배웠어요.'하는 것입니다.

학원에 보내는 이유

대부분의 학부모는 학원에서 미리 배우면 '학교 공부에 도움이 되고 더 좋지 않겠느냐?'고 말합니다.

하지만 그것은 오해입니다. 학원에서 미리 배운 학생은 위의 사례에서 본 것처럼 학교 공부에 흥미를 잃고, 수업의 긴장감이 현저하게 떨어집니다.

이런 상황인데도 학부모가 자기 자녀를 학원에 보내야 할 이유가 있습니다. 수업을 마친 학생들이 돌아갈 가정에는 어른이 없고, 마을에는 친구도 없습니다. 또 학교에서 집으로 가는 교통 기관도 마땅치 않습니다.

이런 문제를 학원이 시원하게 해결해 줍니다. 즉 늦은 시각까지 공부를 가르쳐주기도 하고 놀아주다가 부모가 돌아오는 때에 맞춰 데려다 줍니다.

이런 것 때문에 부모는 부득불 자녀를 학원에 보냅니다. 어찌할 수 없는 일입니다.

스스로 하는 공부

학원 교육과의 차별

학원의 교육에 대하여 좀 더 자세하게 알아보겠습니다.

쉽게 배우려는 나쁜 공부 습관

학원에서는 한 학기 동안에 배울 내용을 짧은 방학 기간에 마치는 게 보통입니다. 때문에 학원 강사는 내용 하나하나에 대하여 깊이 이해시키기보다는 기본 개념을 간단히 소개하고, 출제 빈도가 높은 주제에 대하여 문제풀이 형식으로 설명하는 게 고작입니다. 혹시 모르는 점이 있더라도 '대강 넘어가! 나중에 또 한 번 배울 테니까.' 하고 지나칩니다.

다음은 학원에 다니는 어느 중학생의 말입니다 학원에 다니는 게 얼마나 위험한 것인지 잘 말해 주고 있습니다.

"새로운 개념이나 원리 같은 것은 선생님이 1분도 안돼서 다 설명해 줘요. '그냥 이런 거다' 그래요. 문제들이 다 비슷하잖아요. 새로운 것이 나오면 문제를 풀면서 알려줘요. 수학 정석 같은 경우, 처음에 나오는 정석의 원리 같은 것은 금방 끝나고 거기에 나오는 기본 문제를 풀면서 설명해 줘요."

문제풀이식으로 공부했어도 시험 점수가 좋게 나오면 '공부 잘한다.'고 말합니다. 이것은 참으로 위험합니다. 쉽게 공부하면 아이들은 공부에 대한 흥미를 갖지 못할 뿐 아니라 '잘 해보겠다.'는 의지도 생겨나지 아니하여 결국 스스로 공부할 기회를 박탈당하고 맙니다.

학원 교육과 차별화된 교육, 스스로 하는 공부

진원초등학교에서는 학원과는 차별화된 교육을 하려 노력하고 있습니다. '차별화된 교육'이란 학생들이 스스로 공부하는 것을 말하는데 1학기 동안에만 해도 어린이들의 이런 모습을 여러 차례 보았습니다.

동화구연대회를 통해 나타난 우리 학생들의 동화 구연 수준과 참여하려는 열기가 그것을 말해주었으며, 야영·수련활동에 대비하여 운동장 나무 밑에서 또는 교실에서 삼삼오오 모여 서로 연습하는 모습도 많이 보았습니다.

2학기에 들어서도 이런 모습이 또 나타났습니다. 바로 9월 19일 아침 8시경인데, 어린이들이 운동장 가운데로 모여들었습니다. 손에는 훌라후프를 들고 6학년 언니들이 지시하는 대로 늘어섰습니다. 그리고는 후프를 돌리며 연습을 했습니다.

이상은 스스로 공부하는 학생들의 모습입니다.

국가에서는 사교육비를 줄이려고 노력하지만, 앞에서 학부모는 여전히 자녀를 학원에 보내고 있습니다. 그것은 앞에서 언급한 것처럼 어쩔 수 없는 일입니다. 따라서 학교는 학원과 경쟁할 것이 아니라 교육의 차별화를 모색해야 합니다.

이런 관점에서 볼 때, 학생들로 하여금 스스로 공부하게 하는 진원초등학교의 교육은 학교 교육의 모범 사례입니다.

제6장

성공한 사람 따라 하기

모양성과 선운사

2002년 봄 소풍

학부모님 여러분에게 감사의 인사를 올립니다.

2002년 4월 12일에 있었던 진원초등학교 봄 소풍을 위해 협조해 주신 것 감사드립니다.

소풍의 목적지는 전라북도 고창군에 있는 모양성과 선운사였습니다. 모양성은 역사적 가치가 풍부했었고, 선운사에서는 갖가지 행사가 어우러져 볼거리도 많았습니다. 여기에 날씨도 화창해서 우리를 축복해 주는 것 같았습니다.

우리는 먼저 모양읍성[23])으로 갔습니다.

대한민국 사적 145호인 모양성은 조선 단종 원년에 축성했다고도 하고 숙종 때 완성되었다고도 하나 정확한 축성 시기는 알 수 없습니다. 전라 도민들이 왜구의 침략을 막기 위해 자연석 성곽으로 축성했으며, '모양성'이란 이름은 고려시대 고창 지역을 모양부리라고 불렸던 것에서 유래합니다. 나주 진관의 입암산성과 연계되어 호남내륙

---

23) 전라북도 고창군 고창읍 ☎ 063-560-8067

을 방어하는 전초기지였던 모양성을 요즘에는 고창읍성이라 부르며 국난극복을 위한 국방관련 문화재로 보존되고 있습니다.

우리가 모양성에 도착했을 때에는 한들거리는 봄바람에 벚나무의 하얀 꽃잎이 눈송이처럼 떨어졌고 성 밖 오솔길에는 철쭉꽃이 만발하여 한 폭의 수채화를 보는 듯 아름다웠습니다.

모양성의 성벽은 커다란 바위를 쌓아 올린 높이가 3m 정도 되어 적군을 막기에 안성맞춤이었습니다. 우리는 성벽 위로 올라가 1,684m의 모양성을 한 바퀴를 돌았는데, 높이가 4~6m로 오르막도 있고 내리막도 있어서 재미있었습니다. "내가 태어나서 이렇게 많이 걸어보기는 처음이다." 하는 유치원 원아가 나의 웃음을 자극했습니다.

'재수 좋은 발자국'[24]을 밟고 성안으로 들어갔습니다. 거기에서 사진을 찍었습니다. 모양성을 배경으로 하여 학부모와 함께 학급별로 사진을 찍었습니다.

선운사[25]에는 '고창 수산물 음식 축제'가 열리고 있었습니다. 갖가지 해산물을 주재료로 사용하는 음식점이 사방으로 둘러있었고, 광장한 가운데서는 여자 아나운서의 사회로 즉석 게임을 진행하고 있었습니다. 구성진 가락에 맞추어 멋들어지게 흔드는 엿장수의 가위질도 볼만했습니다. 우리는 선운사로 올라갔습니다. 길가에 서 있는 가로수에서 하얀 벚꽃이 흩날리고 주변 밭에는 노란 유채꽃이 우리들의 눈길을 사로잡았습니다.

백제 위덕왕 24년 검단선사와 신라의 국사인 의운국사가 창건했다고 전해지는 고찰(古刹) 선운사는, 터가 널찍하고 숲이 우거져 경내

---

24) 모양성 입구에 놓인 댓돌 위에 새겨진 발자국으로 이 돌을 밟고 성안으로 들어가면 재수가 좋다는 속설이 있음
25) 전라북도 고창군 아산면 삼인리 500. ☎ 063-561-1422

분위기가 차분하게 느껴졌습니다.

선운사에서 내려오는 길에서 꽃이 핀 등나무 분재, 철사로 묶어 놓은 소나무 분재 등도 보았습니다. 신기한 것은 초상화를 새기는 화가였습니다. 갖가지 모양의 나무판에 불에 달군 인두를 문지르면 사람의 모습이 나타났습니다.

'고창 밀알회 꽃꽂이 전시회'에서는 3~40여 년 전 시골에서 볼 수 있었던 닭장 둥우리 지게 베틀 이런 물건들을 배경으로 한 꽃꽂이 작품이 독특한 분위기를 연출하였고, '고창 야생화 전시회'에서도 오두막집 창문을 비롯하여 통나무 도막 등 옛날 우리 조상들의 생활 도구를 배경으로 하여 할미꽃 금낭화 등 우리나라에서 자생하는 풀꽃이 자태를 뽐내고 있었습니다. 무심코 보았던 우리 꽃 그 아름다움을 처음으로 알았습니다.

선운사에서는 볼거리도 많았고, 솜사탕 꼬지구이 번데기 등 어린이들의 먹거리도 풍성했습니다.

모두가 즐거운 시간을 가졌습니다.

학교운영위원회 남기록 위원장님과 자모회 박희자 회장님, 감사합니다. 우리 교직원 일동은 어린이들이 학교에서 생활하는 동안 재미있게 공부하고, 건강하고 아름답게 성장하도록 도울 것을 약속드립니다. 힘써 노력할 것을 다짐합니다.

감사합니다.

2002년 4월   일

학교장 이름으로 발송한 편지인데 편지를 작성할 때 교감이 깊이 관여했습니다.

목민심서의 다산 정신

2003년 봄 소풍

강진으로 현장학습을 다녀왔습니다.

요즈음은 소풍을 '현장학습'이라 부릅니다. 그래서 '소풍'이라 하지 않고 '현장학습'이라 했으며, 강진군에 있는 정약용의 유적지 다산초당을 다녀왔기에 '다산초당 현장학습'이라 지칭합니다.

우리가 현장학습을 가는 날은 2003년 4월 21일 월요일이었습니다. 대부분의 학교에서는 월요일에 소풍을 실시하지 않습니다. 학생 수가 적은 진원초등학교는 대절버스를 마련할 수 없었습니다. 이런 부득이 한 이유로 날짜가 월요일로 정해진 것입니다.

그러나 이 일이 우리에게는 오히려 다행이었습니다.

목요일부터 구질구질 내리던 비가 일요일 저녁에까지 계속되어 걱정을 했었는데, 월요일 아침에 거짓말처럼 활짝 개었습니다. 의례 그러려니 하겠지만 그 날의 날씨는 특별했습니다. 하늘에는 구름 한 점 없이 화창했지만 햇볕이 전혀 따갑지 아니하였고, 바람이 불었지만 그것이 기분을 상쾌하게 해 주었습니다.

참으로 감사한 일이었습니다.

거중기와 목민심서

먼저 유물전시관으로 들어갔습니다. 전시관의 한 가운데에는 다산 정약용이 수원의 화성산성을 구축할 때 사용했다는 '거중기26)'의 모형이 서 있습니다. 옆에서 보면 사다리꼴 모양이라 안정감이 돋보이고 고정 도르래와 움직도르래를 여러 개 연결하여 만들어진 기계였습니다. 이 기계를 이용하여 국고를 4만 냥이나 절약했다고 하니, 정약용 선생님의 과학적인 지식, 상상력 등에 감탄하지 않을 수 없었습니다.

또 여러 가지 유물과 저서도 전시되어 있었습니다. 다산 정약용이 저술한 책을 소개한 글을 읽으면서 그의 훌륭한 인품에 감동되었습니다. 저절로 고개가 숙여졌습니다.

학창 시절에 읽었던 송강 정철의 문학 작품에서는 한사코 임(왕)을 그리워하는 내용이었지만, 다산의 저서 목민심서는 백성들의 고단한 삶을 직시하였고 그들의 아픈 점을 깊이 깨달아 개선하려는 정신이 담긴 책이었습니다. 어리석은 백성을 불쌍히 여긴 세종대왕께서 한글을 창제한 것처럼 이 책에는 백성을 사랑하는 다산의 마음이 가득 담겨 있는 것 같아 더욱 존경스러웠습니다.

'억울한 마음도 있었을 텐데…….'

유배 생활을 하는 것은 다산 정약용이나 송강 정철이나 같습니다. 그러나 가사 문학을 일으킨 정철에 비해 백성의 더 나은 삶을 추구하며 묵묵히 책을 쓴 다산 정약용, 그의 인품이 훨씬 고상하게 느껴졌습니다.

---

26) 수원 화성을 축성할 때 정약용 선생이 발명한 기계로 바위를 옮기거나 들어 올릴 때 사용했다.

다산초당

우리는 다산초당27)으로 올라갔습니다. 이곳으로 올라가는 길은 오르막길이었습니다. 쾌적한 공기가 가슴을 시원하게 했습니다. 돌계단을 딛고 올라설 때마다 힘이 솟았습니다. 30분쯤 오르는 동안 땀이 살짝 배어 기분이 상쾌했습니다.

퐁퐁 솟아오르는 생수를 한 모금 마셨습니다. 뱃속까지 시원합니다. 저절로 감사의 기도가 나왔습니다.

'아름다운 자연을 접하게 되어 감사합니다.'

'기분 좋은 공기와 시원한 물을 마시게 되어 감사합니다.'

오늘 소풍에서 나는 매우 소중한 것을 배웠습니다. 바로 목민심서에 나타난 다산 정약용 선생의 숭고한 정신입니다.

* '자신을 다스리라.' : 과유불급(過猶不及)이란 말처럼 매사에 절제하라는 뜻입니다.
* '공무에 봉사하라.' : 공직자는 권한을 행사하는 사람이 아니라 청지기처럼 봉사하는 사람입니다.
* '백성을 사랑하라.' : 공직자의 가장 중요한 자세는 백성을 사랑하는 마음 곧 애민(愛民) 정신입니다.

이 세 가지는 백성을 다스리는 목민관이 필히 갖추어야 할 덕목이요, 국민 모두가 지녀야 할 가치관입니다.

따라서 다산의 정신을 진원초등학교 어린이들에게도 가르치고 전수해서 발전시켜야 합니다. 그 막중한 임무가 나에게 맡겨져 있습니다. 그 사명을 감당하는 일에 충성하기를 원합니다.

---

27) 전라남도 강진구 도암면 만덕리 귤동 ☎ 061-432-0096

삶의 지혜 배우기

2004년 봄 소풍

2004년 4월 21일은 소풍 가는 날입니다.

소풍을 옛날에는 멀리 걸어간다는 뜻으로 '원족(遠足)'이라 했으며, 바람을 쏘인다는 뜻으로 '소풍(逍風)'이라 하다가 요즘에는 이런 말들이 놀이에 치우친다는 뜻에서 교육적인 용어로 바꾸어 '현장학습(現場學習)'이라고도 말합니다.

용어가 어찌 되었건 소풍은 학생들이 답답한 교실을 떠나 자연을 눈여겨 살피기도 하고, 문화재나 역사의 현장을 찾기도 하는 매우 의미 있는 특별활동입니다.

이번 소풍은 보성군의 서재필 박사 기념관, 순천시에 있는 고인돌 공원, 낙안읍성, 주암댐을 둘러보는데, 이곳에서 배울 수 있는 주제를 살펴보겠습니다.

독립운동가 서재필 박사 기념관

서재필 박사 기념관28)에서는 실제 크기의 독립문 모형을 중심으로 서재필 박사의 유품 등을 둘러보게 됩니다. 그 주변에 있는 야외 공원에서 다양한 조각 작품도 감상할 것입니다.

이곳에서는 정치가요 독립 운동가이며 언론인이었던 서재필(徐載弼1864~1951) 박사의 생애에 대하여 좀 더 자세히 알아보았으면 좋겠습니다.

당시의 사회가 어떤 상황이었던가?

서재필 박사는 왜 미국으로 망명을 가야 했는가?

갑신정변이란 무엇이고 3일 천하로 끝난 이유는 무엇인가?

독립신문을 발간한 것, 독립문을 건축한 이유는 무엇인가?

선사시대 삶의 형태 고인돌공원[29]

다음에 가는 곳은 고인돌 공원입니다. 커다란 고인돌 모양의 문을 통해 공원 안으로 들어가면 갖가지 형태의 고인돌을 만나게 됩니다. 옛 주거생활의 한 형태에 대해서 살펴보면 좋겠습니다.

움집이나 귀틀집에서 살면 어떤 점에서 불편하겠는가?

난방은 어떻게 하였을까?

모기나 파리, 뱀 등의 습격을 어떻게 막았을까?

선사시대 우리 조상들의 삶의 형태가 오늘날과 어떻게 다른가? 지금 우리가 사는 집은 어떤 점에서 편리한가?

역사적인 사건의 현장 낙안읍성

사적 제302호인 낙안읍성[30]은 순천시(順天市) 낙안면에 위치하고 있으며, 조선시대의 석축읍성으로 둘레가 1,385m인데, 임경업 군수가

---

28) 전라남도 보성군 문덕면 ☎ 061-852-2815
29) 전라남도 순천시 송광면 ☎ 061-755-8363
30) 전라남도 순천시 낙안면 ☎ 061-749-8831

왜구의 침입을 막기 위해 쌓은 성입니다. 1919년 3·1 운동 당시에는 낙안읍성을 중심으로 독립만세를 부른 역사적 사건의 현장입니다.

석축 위를 한 바퀴 돌 수도 있고, 옛 동헌이나 민속자료관 등을 둘러보며, 민속마을의 가옥과 지역의 토산품도 볼 수 있습니다.

성은 대부분 산에 있는데 낙안읍성은 왜 평지에 있는가?

성 둘레에 깊게 파인 물길(주 : 해자라고 함)은 어떤 구실을 한 것인가?

우리 조상들은 일본의 총칼 앞에서도 굴복하지 않고 독립만세를 외쳤습니다. 왜 그렇게 했을까?

이처럼 불행한 상황이 되지 않게 하려면 우리가 평소에 어떻게 생활해야 할 것인가?

본 댐과 조절지 댐이 있는 주암댐

마지막 가는 곳은 주암댐[31]입니다. 1984년 10월에 착공하여 1991년 5월에 완공한 이 댐은 전라남도 순천시(順天市) 주암면(住巖面)에 위치한 높이 57m, 길이 330m, 저수용량 4억 5,700만t의 본 댐과 상사면(上沙面) 이사천(伊沙川)에 위치한 높이 106m, 길이 575m, 저수용량 2억 5,000만t의 조절지 댐으로 이루어진 다목적댐입니다.

본 댐과 조절지 댐 사이에는 11.4km의 도수(導水)터널이 있고, 조절지 댐 아래쪽에는 시설용량 2만 2,500kW의 수력발전소도 건설되었습니다.

이 댐의 물은 광주광역시·나주시·목포시·순천시·여수시에는 생활용수를, 광양·여천공단에는 공업용수를 공급합니다. 그리고

---

31) 전라남도 순천시 상사면 ☎ 061-749-7204

8,000만의 홍수조절능력이 있어서 보성강(寶城江)·섬진강(蟾津江) 하류지역의 홍수 피해를 막아주고 있습니다.

주암댐의 건설로 이익이 되는 것은 무엇이고, 손해가 되는 것은 무엇일까?

끼를 발산하는 소풍

아무래도 소풍은 학생들의 마음을 설레게 하는 행사입니다. 주제를 가지고 살펴보게 하는 것도 좋지만 학생들의 잠재의식 속에 숨어 있는 끼를 발산하도록 기회를 제공하는 것은 더 중요합니다.

노래를 부르는 것이나 그림을 그리는 것, 흥겨운 음악에 맞추어 몸을 흔들게 하는 것 달리기나 닭싸움과 같은 체육활동 등은 모두 교육과정에서 요구하는 것입니다.

이처럼 소풍에서 끼를 발산하도록 학생들에게 기회를 제공하는 것은 자기 주도적 학습 능력을 기르려는 데 목적이 있습니다.

이번 소풍을 통해 조상들로부터 삶의 지혜를 배우기 원합니다. 우리의 슬픈 역사를 배우는 서재필 박사 기념관, 선사 시대의 삶의 형태를 배우는 고인돌 공원, 왜구의 침략을 막기 위해 쌓은 낙안읍성, 생활용수와 공업용수를 공급하는 주암댐 등을 둘러보며 장차 어른이 되어 나라와 고장의 발전에 공헌하기 위해 지금 무엇을 어떻게 해야 할 것인지 고민하는 소풍, 잠재의식 속에 숨어 있는 끼를 끄집어내고 그것을 발산하는 소풍, 곧 삶의 지혜를 배우기 바랍니다.

좋은 지도자

2002년 야영 · 수련활동

6월 13일부터 14일까지 1박 2일은 진원초등학교 학생들이 야영 · 수련활동을 하는 기간입니다. 참가한 어린이들에게 '좋은 지도자가 되자'는 주제로 훈화를 했습니다. 그것을 여기 옮깁니다.

개영사 : 좋은 지도자가 되자

오늘은 '좋은 지도자가 되자'는 제목으로 이야기합니다.

지난 6월, 월드컵 축구 경기로 온 나라가 한 덩어리로 뭉쳐 응원한 기억이 지금도 생생합니다. 이 축구 경기에서 우리나라가 목표했던 16강을 뛰어 넘어 4강의 쾌거를 이루었습니다. 여기서 가장 유명해진 사람은 축구 국가대표 감독 히딩크였습니다.

어린이 여러분이 히딩크와 같이 좋은 지도자로 성장하기를 바라며 몇 가지 안내합니다.

* 공동의 목표를 제시해야 합니다.

우리나라 축구 국가 대표 선수들에게는 16강 달성이라는 목표가 있었습니다.

이것은 축구 국가대표팀 감독 히딩크를 비롯하여 22명의 축구 선수들의 목표였으며, 선수들의 건강을 관리하는 사람, 식사를 제공하는 사람, 붉은 깃발을 흔들며 응원한 국민 등 모두가 바라는 공동의 목표였습니다.

이처럼 지도자는 구성원 누구나 공감하는 공동의 목표를 제시할 수 있어야 합니다.

* 구체적인 추진 계획이 있어야 합니다.

축구 경기에서 이기려면 강한 체력이 뒷받침되어야 합니다. 공을 다루는 기술도 우수해야 하며, 어떤 상황에서도 서두르지 않고 침착해야 합니다. 상황에 따른 세트플레이가 정확에게 이루어져야 합니다. 이런 것을 한꺼번에 갖출 수는 없습니다. 기술 수준에 따라 훈련 일정을 변경하면서 차근차근 실천해야 가능합니다.

집을 지을 때에 설계도를 그립니다. 설계에 따라 같은 면적이라도 생활하기 편리하기도 하고, 쓸모없는 공간이 생기기도 합니다.

설정한 목표를 이루기까지 10개의 단계가 있다면 좋은 지도자는 각 단계마다 세부 계획을 세울 수 있어야 합니다.

* 꾸준히 실천해야 합니다.

좋은 목표를 설정하거나 구체적인 계획을 세우는 것은 그대로 실천하겠다는 의지의 표현입니다. 따라서 계획에 따라 실천해야 합니다.

힘도 들고, 어려울 때도 있습니다. 눈물이 날 때도 있고, 고민에 쌓일 때도 있습니다. 또 방해하는 사람도 있을 수 있고, 난관에 부딪힐 때도 있을 것입니다. 그러나 좋은 지도자가 되려면 포기하거나 굴복해서는 안 됩니다.

어린이 여러분, 모두가 '좋은 지도자'로 성장하기 바랍니다. 매사에 목표를 분명하게 설정하고, 그것을 구현할 구체적인 계획을 수립하여 꾸준히 실천하는 사람만이 좋은 지도자가 될 수 있습니다.

수고하는 여러분에게 하나님의 축복이 있을 것입니다.

모닥불 놀이 : 모두 하나가 되자

지금은 모닥불놀이 시간입니다. 이 시간을 통해서 우리 '모두 하나'가 되기 바랍니다.

겨울이 지나고 봄이 오면 양지쪽의 눈이 녹습니다. 얼음도 녹습니다. 눈 녹은 물은 개울을 지나고 강을 지나 바다로 흘러 들어갑니다. 그러면 모두 하나가 됩니다.

교감 선생님이 어렸을 때는 제기를 만들어 찼습니다. 동그란 철판 위에 납덩어리를 놓고 장작불 위에 올려놓습니다. 몇 분 지나지 아니하여 납이 녹습니다. 그러면 여러 조각이었던 납이 한 덩어리로 뭉쳐집니다.

광양 제철소에 가면 커다란 용광로에서 녹은 쇳덩어리가 나와 이리저리 움직이면서 가늘게 늘어나는 것을 볼 수 있습니다. 철광석 속에 조금씩 섞여 있던 철 성분의 광석이 뜨거운 불에 녹으면서 한 덩어리로 뭉쳐진 것입니다.

태양의 겉면 온도는 6,000℃라고 합니다. 이렇게 뜨거우면 바위를 비롯해서 모든 것이 녹습니다. 그리고 그것들은 모두 하나가 됩니다.

우리도 하나가 되려면 우리의 딱딱하게 굳은 마음이 녹아야 합니다. 야영·수련활동에 참여한 진원초등학교 27명의 어린이 모두 용광로에서 흘러나온 쇳물처럼 하나가 되기 바랍니다.

활활 타오르는 모닥불에 우리들의 마음을 녹입시다. 미워했던 마음도 녹이고, 싫어했던 마음도 녹여 버립시다. 내가 제일 잘 났다고 뽐내던 교만한 마음도 녹여 버립시다.

장작불이 자기 몸을 태워서 다른 것을 녹이는 것처럼 여러분 모두가 정성과 사랑의 뜨거운 불로 굳은 마음을 녹여서 모두 하나가 됩시다.

촛불의식 : 빛은 생명입니다.

촛불의식 시간입니다. 이 시간에는 '빛은 생명입니다.'는 주제로 이야기합니다.

성경 창세기 1장에 '천지 창조'에 관한 내용이 나옵니다.

하나님께서 천지를 창조하실 때 맨 처음으로 '빛이 있으라.'하시니 그대로 되었다는 말씀이 나옵니다. 이 말씀은 세상의 어떤 것보다 먼저 빛이 있어야 한다는 말씀입니다.

식물들은 태양 빛을 받아 영양소를 만듭니다. 빛이 있는 곳에는 싹이 돋고 줄기가 뻗으며 꽃도 핍니다. 토실토실 열매가 맺히기도 합니다. 빛은 바로 생명입니다.

촛불은 자기 몸을 태워서 어두움을 환하게 밝혀서 주변에 무엇이 있는지 볼 수 있게 합니다.

어린이 여러분은 대한민국의 빛입니다. 나라의 앞날을 밝힐 찬란한 빛이 되기 바랍니다.

밀걸레 놀이

가장 재미있었던 프로그램

―――――――――――――――――

"밀걸레 놀이가 제일 재미있었어요."

야영·수련활동을 마친 학생들이 한 자리에 모였습니다.

이 자리에서 담당 선생님은 야영·수련활동을 정리하는 의미에서 설문을 했습니다. 그 중에는 '가장 재미있었던 프로그램은 무엇이었는가?'라는 설문도 있었습니다. 나는 6학년 학생들의 반응이 궁금했습니다. '초등학교에서 마지막 야영'이라고 하며 호들갑을 떨었기 때문에 자못 궁금했습니다.

야영·수련활동 프로그램 중 학생들이 재미있어 하는 프로그램으로 환상적인 장면을 연출하는 모닥불 놀이가 있고, 학교에서부터 정성을 다해 준비한 자랑 발표회도 있으며, 남녀를 불문하고 모두의 관심이 집중되는 밥해먹기도 있습니다.

학생들의 응답은 뜻밖이었습니다. 가장 재미있었다고 응답한 프로그램이 계획하지도 않았던 '밀걸레 놀이'가 선정되었기 때문입니다.

밀걸레는 청소도구인데 어떻게 했기에 가장 재미있을까? 사연은 이렇습니다.

"교감 선생님, 레크리에이션을 맡아 주세요."

점심식사를 마쳤을 때, 6학년 담임교사 김○○ 선생님이 요청했습니다. 나는 기꺼이 허락하고는 2층 강당으로 올라가 보았습니다. 거기에는 모래와 촛농이 많이 떨어져 있었습니다. 우리 보다 먼저 다녀간 학교의 학생들이 사용한 흔적입니다. 그대로는 도저히 사용할 수 없었습니다. '청소를 해야겠는데……' 이런 생각으로 아이들과 함께 밀걸레 몇 개를 들고 강당으로 올라갔습니다.

학생들을 강당 뒤쪽에 세우고는 밀걸레를 나누어 주었습니다. 그리고는 밀걸레를 밀면서 강당 앞까지 달려갔다가 돌아오는 놀이를 시작했습니다. 처음에는 한 줄씩 달리기를 했습니다. 이것이 이어달리기로 발전했습니다. 1등으로 들어온 조는 만세를 부르도록 부추겼습니다. 다음에는 달려가는 도중에 호루라기를 불면 그 자리에서 멋대로 춤을 추다가 또 호루라기를 불면 밀걸레를 밀면서 달려갑니다.

이렇게 해서 강당 바닥의 모래와 촛농이 한 군데로 모아졌습니다. 비로 쓸어 쓰레받기로 받아냈습니다. 이렇게 즐기는 동안 강당 바닥이 깨끗해졌습니다. 교감의 입장에서는 청소하는 것이었지만 학생들은 이것을 놀이로 인식하여 일명 '밀걸레 놀이'가 되었습니다.

이어서 풍선 이어달리기, 풍선 배구, 종이비행기 접어 날리기, 줄넘기 이어달리기, 사탕 먹기 등 다양한 놀이를 흥미진진하게 진행했습니다.

'밀걸레 놀이가 가장 재미있었다.'고 응답한 이유는 무엇일까? 아이들을 활발하게 움직이도록 한 것이요, 참여하는 기회를 공평하게 제공한 것이며, 학생들의 창의성을 발휘하도록 조장한 것입니다. 이게 내가 내린 결론입니다.

밀걸레 놀이는 교감의 창의성이 돋보인 교육활동이었습니다.

성공한 사람 따라 하기

2004년 야영 · 수련활동

2004. 야영 · 수련활동에서 '성공한 사람 따라 하기'란 주제로 훈화한 내용을 옮깁니다.

개영사 : 따라 할 사람 선택하기

영화 '내 마음의 풍금'의 주인공, 순이는 어느 시골 초등학교의 3학년 학생입니다.

순이는 빨래를 삶던 어머니로부터 '불을 잘 보라.'는 말을 들었지만 고무줄놀이를 하다가 빨래가 모두 눌어 버립니다. 어머니에게 꾸중을 들은 순이는 눈물을 훔치면서 길로 나왔습니다.

"아가씨, 진원초등학교가 어디에 있나요?"

'아가씨'란 말을 들은 순이는 얼굴을 붉히면서 학교로 가는 길을 손가락으로 가리킵니다.

이후 순이는 자기를 '아가씨'라고 부른 총각 선생님을 마음으로 사랑하게 되고 정말 아가씨가 된 것처럼 행동합니다.

'아가씨는 얼굴을 깨끗하게 씻어야지.'

'아가씨는 호호 하면서 예쁘게 웃는 거야.'

말을 할 때에도 행동할 때에도 '나는 아가씨다' 이런 생각으로 생활합니다. 순이는 자기가 생각한대로 날마다 아가씨가 되어 갑니다.

무엇을 본받아 누군가의 행동을 따라하는 것이 이렇게 중요합니다. 영화의 주인공 순이처럼 우리도 행동을 따라 할 사람을 선택하기 바랍니다. 특별히 성공한 사람을 선택하면 좋겠습니다.

폐영사 : 성공한 사람의 좋은 버릇

우리가 누군가의 행동을 따라 하려면 그 사람의 버릇을 알아야 합니다. 여기서 성공한 사람들이 공통적으로 지니고 있는 좋은 버릇에 대하여 살펴봅니다.

* 자기가 가장 좋아하는 일을 합니다.

하기 싫은 일을 하는 사람은 '언제 시간이 가나?' 하지만 좋아하는 일을 하는 사람은 아무리 많은 일을 해도 힘들어하지 않고 오히려 재미있어 합니다. 밤새워 일을 해도 즐겁습니다. 다른 사람이 놀아도, TV보는 시간에도 자기 일에만 정신을 집중합니다. 그래서 많은 업적을 남긴 사람은 자기가 좋아하는 일을 찾아서 합니다.

어린이 여러분은 무슨 일을 좋아하나요? 먼저 자기가 좋아하는 일을 한 가지씩 찾기 바랍니다.

* 맡은 일에 책임을 다합니다.

다음 중에서 책임감이 강한 사람은 누구입니까?

교실에서 청소를 할 때 남의 눈치 보지 않고 열심히 하는 어린이입니까? 아니면 빈둥빈둥 하면서 선생님의 눈치만 보는 어린이입니까?

야영·수련활동에서 식사를 준비할 때, 부지런히 활동하는 어린이입니까? 아니면 옆에서 손끝 하나 까닥하지 않고 말만하는 어린이입니까?

남이 보거나 말거나 상관하지 않고 맡겨진 일을 끝까지 감당하는 책임감이 강한 사람이라야 성공할 수 있습니다.

* 기록하는 버릇이 있습니다.

영암 현대삼호중공업에 근무하는 박학래32) 반장은 제안 왕으로 여섯 번이나 뽑혔습니다. 그는 작업복 호주머니에 메모장을 넣고 다니며 의문 나는 점이 있으면 기록합니다. 그것을 정리하여 제안서를 제출했습니다. 그가 제출한 제안서는 2001년에 3,379건, 2002년에 2,063건, 2003년에 1,700건이나 됩니다. 회사 관계자는 다음과 같이 말합니다.

"박학래 반장은 남보다 앞선 문제의식과 기록하는 습관이 이렇게 좋은 결과를 낸 것 같다."

성공하는 사람에게는 기록하는 버릇이 있습니다.

어린이 여러분!

성공한 사람은 좋아하는 일을 합니다. 맡은 일에 책임감이 강합니다. 매사에 꼼꼼하게 관찰하고 그것을 기록하는 버릇이 있습니다.

이런 분들의 좋은 버릇을 따라 하기 바랍니다. 그리하여 모두가 성공한 사람으로 성장하기 바랍니다.

---

32) 무등일보 2004년 2월 2일자 15면의 기사

꿈과 희망 가꾸기

2003년 학예 발표회

학예 발표회에 오셔서 격려해주신 기관장님,

그리고 학부모님 여러분

2003년 11월 24일은 진원초등학교에서 학예 발표회를 개최한 날이었습니다. 그런데 바람이 세차게 불어서 몹시 차가운 날씨였습니다.

그럼에도 불구하고 학부모 50여명이 학교에 오셨습니다. 목발을 짚고 오신 할머니, 카메라의 셔터를 눌러 대는 아버지, 학예 발표회가 끝나고 소감을 발표해 주신 할아버지도 계셨습니다. 발표가 끝날 때마다 박수를 치며 자녀들과 함께 웃으며 즐겼습니다.

성대한 학예 발표회가 되도록 후원해주신 학부모님 여러분에게 감사를 드립니다.

따뜻하게 격려해 주신 분들도 있었습니다. 전라남도장성교육청 ○수웅 교육과장님을 비롯하여 진원동초등학교 ○혜택 교장 선생님, 분향초등학교 ○명주 교장 선생님

진원면사무소 ○용화 면장님, 진원우체국 ○공칠 국장님, 진원농업협동조합 ○영수 조합장님, 진원파출소 ○영은 소장님 등 면내 여러 기관장님들과 장성군의회 ○광진 의원님 여러분의 격려에 머리 숙여

감사드립니다.

　진원초등학교 운영위원회 남기록 위원장과 자모회 박희자 회장님, 그리고 임원 여러분의 아낌없는 지원도 있었으며, 날마다 학교에 나와서 어린이들과 함께 연습하며 프로그램에 참여한 학부모도 있었습니다.

　이 자리에 오지는 아니 하였어도 진원초등학교에 컴퓨터나 프린터를 보내 주신 분, 유치원 원아들을 지원하신 분, 어린이 신문을 보내 주는 등 알게 모르게 협조해 주신 분 등 이름을 일일이 밝히지 못한 분들도 있었습니다.

　이들 모두에게 머리 숙여 감사의 인사를 드립니다.

　이번 학예 발표회는 아이들의 잠재 능력을 발휘하는 좋은 기회였습니다. 작품 활동을 하는 동안 아이들이 얼마나 적극적으로 참여했는지 모릅니다.

　진원초등학교 교직원 일동은 초등학교 52명의 학생과 유치원 7명의 원아 모두가 장차 국가와 고장의 발전에 공헌할 유능한 인물로 성장하기를 바라며, 김재만 교장 선생님의 교육철학에 따라 '꿈과 희망을 가꾸는 교육'이 되도록 힘써 노력할 것을 약속드립니다.

　여러분 감사합니다.

2003년　11월　일

학교장의 이름으로 발송한 편지입니다다만 교감이 깊이 관여했었습니다.

※ 참고로 학예 발표회에 대한 학부모 두 분의 소감을 첨부합니다.

노고에 진심으로(김현숙, 3학년 ○유빈의 어머니)[33]

죄송한 마음으로 선생님들의 노고에 진심으로 감사드립니다.

시일이 며칠 지났지만 아직도 큰 여운이 남아 있습니다. 학교에서 학예 발표회를 한다고 해서 작년처럼 조촐하게 하는 줄만 알았더니 …….

많지도 않은 아이들을 데리고 그렇게 다양하고 많은 내용을 준비하시다니 너무나 놀라웠습니다.

학부모인 저의 입장에서는 우리 아이들에게 많은 경험을 하게 해 주셔서 너무너무 고맙습니다. 지도하시느라고 아주 많은 힘을 들이셨습니다. 진심으로 감사드립니다.

---

33) 이 글은 진원초등학교 2003학년도 학교문집 '빛으로 가는 아이들' 119쪽에 실려 있음

아이러니(IRONY)(○미정, 5학년 ○승민의 어머니)[34]

지난 11월 21일, 진원초등학교에서 있었던 학예 발표회를 보고 나는 묘한 뉘앙스와 함께 혼동을 느꼈다. 신문에서 '대다수 학교의 교사들은 시골 학교가 싫어 대도시의 학교로의 이동을 희망한다.'는 제하의 글을 읽은 지 얼마 되지 않아서 시골학교의 근무가 쉽지만은 않은가 보다 하는 막연한 우려와 노파심을 가지고 있었던 터라 나에게 학예 발표회가 주는 충격이 너무 컸다.

인식의 차이가 이렇게 큰 결과를 가제 올 줄은 상상도 하지 못했다. '예산이 부족하여', '아동의 숫자가 많지 않아서' 란 말을 얼마나 많이 듣고 있었는데, 의외로 부족한 예산과 52명밖에 안 되는 적은 수의 학생들로 33가지의 장르를 완벽하게 소화시킬 수 있다는 게 기이하게 마저 느껴졌다.

요즈음 아이들이 '컴퓨터 게임에만 빠진 게 아닌가?' 하는 우려의 마음을 가졌던 기억이 있었으나 이 또한 기우에 지나지 않았음을 자각하였다.

이날 펼쳐진 진원초등학교의 학예 발표회는 세상에서 가장 멋진 축제의 현장이었다. 나는 그 날의 그 느낌을 가벼운 설렘으로 오래 기억되리라 의심치 않는다.

52명의 아이들 한 사람 한 사람이 그 다양한 장르를 수 가지씩 기억해가며 무대에서 표현할 수 있다는 게 놀라웠고, 아이들 모두가 어쩌나 예쁘고 재주가 많은지 어느 중앙 무대에 세워도 손색이 없을 듯하였다.

---

34) 이 글은 진원초등학교 2003학년도 학교문집 '빛으로 가는 아이들' 120-121쪽에 실려 있음

아이들의 눈동자는 반짝반짝 빛나고 있었으며 뒤에서 애쓰시는 선생님들, 순수한 열정과 다방면의 탤랜트적인 분들이 진원초등학교에 계시다는 게 얼마나 감사한 일인가요?

이제는 아이들을 시골학교에 보내놓고는 (이제껏) 가지고 있었던 죄의식마저 벗어도 좋을 듯합니다.

그리고 매주 월요일에 나오는 '진원교육'이란 교지를 받고 학교가 학부모에 대하여 배려가 얼마나 큰가 하는 것을 느낍니다.

교장 선생님을 비롯하여 유치원 아이에 이르기까지 A플러스를 드립니다. 운영위원의 노고에도 아울러 감사의 글을 남깁니다.

교육과정과 일치시키기

2004년 학예 발표회

선생님들에게

2004년 11월 19일(금) 오후 2시, 진원초등학교 다목적 교실에서 개최한 교육과정 운영 성과 발표회는 대 성황을 이룬 가운데 마쳤습니다.

이날 별표회장에는 학생 수가 불과 58명인 소규모 학교에서 이렇게 많은 학부모가 참여할 수 있을까? 하는 의심이 들 정도로 관객이 꽉 들어찼습니다.

이날 행사는 개회식, DVD 상영, 공연 이런 순서로 진행했습니다.

6학년 학생의 사회로 진행된 공연은 1학년 학생의 첫인사를 시작으로 율동, 무용, 스포츠 체조, 고전무용, 리코더, 멜로디언, 단소, 피아노 연주, 영어 노래, 영어 연극 백설 공주, 수화, 풍물공연, 동화 구연 등이 일사분란하고 매끄럽게 진행되었습니다. 발표 수준도 매우 높았습니다.

이렇게 수고한 선생님들에게 감사드리며, 내가 나름대로 생각하는 발표회의 원칙이나 기준에 대하여 언급합니다. 어디까지나 내가 생각한 것이니 오해 없기 바랍니다.

정규 교육과정에서 생산된 작품

발표회 종목을 선정할 때, 교육과정에서 생산된 작품이면 좋겠습니다.

교육과정 운영 따로 발표회 준비 따로 이렇게 하면 교사의 업무가 폭발적으로 증가하고, 학생들에게도 학습 부담이 많아집니다. 결과적으로 교육과정의 운영이 부실해집니다.

따라서 발표의 종목을 정규 교육과정의 내용에서 선정하는 것이 바람직합니다. 학년 초에 발표회와 관련이 있는 종목을 선정하여 계속적으로 교육하면 교사의 전문성도 향상되면서 교육과정의 운영이 충실해질 것입니다.

그래서 이 행사를 '학예 발표회'라 하지 않고 '교육과정 운영 성과 발표회'라 명명한 것입니다.

기초 이론과 기능의 습득

리코더, 멜로디언, 단소, 리듬합주 등 이들 악기는 다루는 방법과 기능이 조금씩 다릅니다.

예를 들어 리코더 연주에서 리코더와 몸과의 적당한 각도, 손가락의 위치와 구멍을 막는 방법, 악곡의 성격에 따른 연주 방법 등에 대한 이론과 기능이 있는 교사라야 효과적으로 지도할 수 있습니다.

율동을 지도할 때도 마찬가지입니다. 현대 음악인가 아니면 전래 음악인가에 따라 동작이 다르고 갖추어야 할 의상도 다릅니다. 부드럽게 움직일 것인가 빠르고 힘차게 움직일 것인가 이런 것도 곡의 종류에 따라 다르게 지도되어야 합니다.

이런 관점에서 교사는 발표 종목의 기초적인 이론을 이해하고, 그 기능 수준을 높이기 위한 노력이 필요합니다.

무대 매너에 대한 이해

출연 학생들이 무대 위로 오를 때 행진곡에 맞춰 입장할 것인가? 아니면 막을 닫고 조용하게 입장할 것인가? 소품은 어떻게 들고 입장할 것인가? 언제 인사할 것인가? 리더의 구령을 따라 인사를 할 것인가? 어떤 신호에 의해서 인사를 할 것인가? 공연을 마쳤으면 어떻게 퇴장할 것인가? 등등 소소한 동작이 작품의 수준을 결정하는 요소입니다. 하찮은 동작조차도 실현하지 못하면서 수준 높은 작품을 만들겠다고 말한다면 그것은 모래 위에 집을 짓는 것과 다를 바 없습니다.

연극을 할 때에도 마찬가지입니다. 연극의 대사가 출연자들 상호간에 주고받는 것이라 해도 그 메시지는 관객에게 전달되어야 합니다. 이렇게 생각하면 출연자는 무대의 앞쪽 가운데, 관객을 바라보고 서서, 똑똑한 발음과 특유의 몸짓을 곁들여 메시지를 정확하게 전달되도록 노력해야 합니다.

이번 발표회에서는 출연자들이 무릎을 꿇고 앉은 상태로 공연하는 작품이 있었습니다. 관객들에게 조마조마한 마음을 전달하기 위한 것이 아니라면 이러한 상황을 만들지 않는 것이 좋습니다. 출연자가 상당히 긴 시간 동안 불편한 자세로 공연하면 관객도 불안한 마음을 갖게 됩니다.

교사가 무대 매너를 제대로 이해하고 적용하면 같은 내용이라도 발표의 수준이 훨씬 고급스러워집니다.

어찌 되었건 이번 교육과정 운영 성과 발표회는 성공이었습니다. 앞으로도 감당해야 할 학예 발표회에서 '유능하다'는 말을 듣는 그런 선생님이 되기 바라며 몇 자 적었습니다.

선생님 감사합니다.

2014년 11월   일

※ 참고로 교육과정 운영 결과 발표회에 대한 학부모 ○미정님(6학년 ○ 승민의 어머니)[35]의 소감을 첨부합니다.

왠지 모를 눈물이

나는 진원초교에 아이를 보내 놓고 두 번 눈물을 흘렸다.

한번은 학생 수가 줄어 과소 학교로 매스컴의 표적이 되었을 때이다. 인터뷰하는 교장 선생님과 아이들의 모습이 TV를 통해 비추어질 때 알 수 없는 상실감과 걱정스러움에 하염없이 눈물을 흘렸던 기억이다.

두 번째는 11월 11일 진원초등학교 '2004 교육과정 운영 결과 발표회'를 지켜보면서 왜 그리도 눈물이 나는지?

이 지역의 기관장님들과 물심양면 지원과 애정을 갖고 서울에서 직접 내려오신 ○승현 사장님 등이 지켜보는 가운데 아이들은 왜 그리고 예쁘고 재주가 많은지!

---

35) 이 글은 진원초등학교 2004학년도 문집 '진원 꿈동산' 115쪽에 실려 있음

쩌렁쩌렁 울리는 풍물과 마법의 성(수화), 개구리 왕눈이, 흰 곰과 난장이들(동화구연)은 몇 번째 아이가 나와야 하는지 손가락으로 세면서 긴장과 가벼운 설렘으로 기다렸던 순간들 …….

　아무리 그래도 가장 멋진 장면은 내 아이가 공연하는 모습이다. 학부모의 입장에서 솔직한 심정이다. 내 아이가 친구들과 호흡을 맞춰 실수 없이 공연을 마쳤을 때 가장 긴장되고 흥분되었다. 그래서 더욱 멋진 공연이었다. 아이들은 많은 사람들 앞에서 카메라 앞에서 주인공이 되었다. 아이들은 첫 인사에서부터 끝 인사까지 참으로 멋진 모습의 주인공으로 기억될 것이다.

　아이들의 가슴에 자신감과 긍지가 가득함을 엿볼 수 있었습니다. 훌륭한 선생님들의 지도로 아이들은 확실히 달라졌음을 확인했습니다.

　여기에는 ○승현 사장님의 뒷받침이 컸음을 압니다. 엄마인 나도 선뜻 사줄 수 없는 고가의 장난감, 아이들이 그토록 갖고 싶어 하는 장난감을 전교생에게 선물한 점, 분장사와 미용사 개그맨 등을 대동하고 찾아준 점에 감사드립니다.

　마지막으로 진원초등학교 모든 선생님들에게 감사드립니다.

환경 생태 기행

무안군

진원초등학교 3학년 이상 35명의 학생은 2002년 10월 18일(금)에 무안군으로 생태 기행을 다녀왔습니다.

「그린장성21」 추진협의회(의장 변선의), 장성환경연합(의장 이원영), 자연보호협의회(회장 김광배) 등 3개 환경관련 단체가 주관한 환경 생태 기행 행사로 진원초등학교를 비롯해서 약수초등학교, 삼서초등학교 등 3개 학교의 학생 약 120명이 참가했습니다.

우리는 8시30분에 학교를 출발했습니다.

장성군청에서 김흥식 군수의 인사말을 듣고, 기념사진도 찍은 다음 무안으로 향했습니다.

11시쯤 되었을 때, 초당대학교(전라남도 무안군 무안읍)에 도착하였습니다. 커다란 건물 앞에서 내린 우리는 안내하는 분을 따라 4층으로 올라갔습니다. 그곳은 안경박물관이었습니다.

먼저 전시실로 들어갔습니다. 이곳에서 안경 제작 기구를 비롯하여 렌즈를 연마하는 기구를 살펴보았습니다. 이승만 대통령의 안경을 비롯하여 전·현직 대통령이 사용한 안경, 독립운동의 선구자 김구 선생의 안경, 1300년대에 사용한 세계 최초의 안경, 1500년경에 우리나라 사람이 사용했던 안경 등이 자세한 설명과 함께 진열되어 있었습니다.

다음으로 들어 간 곳은 안경 체험 학습관입니다. 여기는 실험기구를 손으로 만지면서 관찰하도록 꾸며져 있었습니다. 초등학교 과학 시간에 배우는 직진, 굴절, 반사 등 빛의 성질은 물론 중학교에서 배우는 빛의 혼합, 회절, 편광 등 실험 장치도 마련되어 있었습니다. 교실에서는 도저히 접할 수 없었던 실험기구를 직접 조작하며 체험할 수 있었습니다.

점심을 먹고 회산(回山)36)백련37)지(白蓮池)로 갔습니다.

10만 여 평의 넓은 저수지에 우산만큼이나 커다란 연잎이 바람에 너울거립니다. 저수지 가운데로 다리가 놓여 있어 사람들이 오가며 연꽃을 구경할 수 있었습니다. 연꽃 축제가 열리는 날 연꽃으로 덮여 있을 저수지의 장관을 머릿속으로 그려보기도 했습니다.

회산 백련지에는 다음과 같은 이야기가 전해옵니다.

일제 강점기입니다. 회산면 덕애 부락의 한 주민이 저수지 가장자리에 백련 12주를 심었습니다. 그 사람은 그날 밤 하늘에서 학 12마리가 내려와 앉은 꿈을 꾸었습니다. 이후 정성을 다해 백련을 가꾸었다는 이야기입니다.

---

36) 회산 : 온 세상의 기운이 이곳으로 돌아온다는 뜻을 지닌 마을 이름
37) 백련 : 암술과 수술이 한 꽃 안에 있는 양성화이며, 한 꽃에 300개 정도의 수술과 40개 정도의 암술 그리고 화탁으로 구성되어 있다. 꽃잎은 백색 긴 타원형으로 한 꽃에 18~26개 정도의 꽃잎이 붙어 있다. 수정 후 1.5cm 크기의 연밥이 생기고 그 안에 15~25개의 검은색 씨가 들어있으며, 잘 익은 종자의 수명은 500년 정도이다.

안타까운 장면도 보았습니다. 다리의 양쪽 저수지 수면 위에 과자 껍질, 풍선, 비닐봉지 등 쓰레기가 군데군데 떨어져 있었습니다. 쓰레기를 함부로 버리지 않도록 교육하는 것은 교육자인 나의 임무입니다. 그래서 어깨가 무거웠습니다.

우리는 다시 버스를 타고 항공우주전시관을 거쳐 홀통 갯벌[38] 체험장으로 갔습니다.

밖에는 부슬부슬 비가 내렸지만 아이들은 간단한 도구를 챙겨들고 갯벌로 들어갔습니다. 발이 빠질까 옷이 젖을까 조심조심하던 아이들이 점차 손놀림이 빨라지고 몸놀림이 분주해졌습니다. 1cm도 안되는 꼬마 게를 들고 선생님에게 다가와 호들갑을 떠는 등 아이들, 20여 분의 시간이 흐르자 아이들은 썰물을 따라 100m 이상 바다 깊숙이 들어가 있었습니다.

'어디로 가서 무엇을 하면 이렇게 재미있을까?'

더 놀고 싶은 마음이 있었지만 날씨가 궂고 시간이 늦어져서 어쩔 수 없이 발길을 돌렸습니다.

갯벌에서 즐거움을 만끽하고, 자연의 위대함도 가슴으로 느낀 무안군에서의 자연 생태 기행, 우리는 소중한 추억을 안고 학교로 돌아왔습니다.

---

38) 갯벌이란 조수가 드나드는 바닷가나 강가의 모래 또는 개펄로 된 평평하게 생긴 땅입니다. 그 벌판에 모래로 구성되어 있으면 모래벌판(간사지)라 하고, 벌판이 개펄벌판 즉 개흙땅 또는 진흙땅이면 펄갯벌(간석지)이라 합니다. 갯벌은 파도가 미사(Silt)나 점토(clay) 등의 미세입자가 파랑의 작용을 적게 받은 해안에 오랫동안 쌓여 생기는 평탄한 지형을 말합니다. 갯벌은 하천을 따라 흘러 들어온 오염물질을 걸러주는 자연의 콩팥과 같은 곳으로 각종 어패류를 공급해주는 검은 노다지이며, 철새들의 넉넉한 쉼터가 되기도 합니다. 갯벌은 한마디로 '생태계의 보고(보물창고)'라고 할 수 있다.

제7장

걷어내야 할 거품

소통하는 진원 교육

2003년 학부모회의

2003년 3월12일은 학부모 회의가 있는 날입니다. 비가 내려 궂은 날씨였지만 많은 학부모가 참석했습니다.

이 날 회의는 교장 선생님의 인사말, 담임교사의 소개, 2002학년도 교육 반성, 2003학년도 교육계획의 설명, 학부모의 요구사항에 대한 답변 이런 순서로 진행했습니다.

학교 교육계획의 설명

2002학년도에는 학부모님들의 협조가 참 많았습니다. 학교 실습지 정지 작업, 야외벤치 철거 및 정리, 느티나무 옮겨심기 등 교내 환경의 힘들고 어려운 일들을 처리해 주었고, 교실 앞에 정수기도 설치하였습니다. 아울러 소풍 운동회 졸업식 등의 교육행사에도 협조했습니다. 특히 대청소의 날에는 학부모 20여분이 나오셔서 땀을 흘리며 수고를 했습니다.

2003학년도 학교 교육계획을 수립하기 전에 학부모의 의견을 수렴

했습니다. 설문지를 통해서 혹은 대화하는 방법으로 의견을 청취했습니다. 이렇게 해서 얻어진 자료를 분석하여 2003학년도 학교 교육계획을 수립했습니다.

학부모의 요구사항

교육계획에 따라 가정방문을 실시했습니다. 담임교사로 하여금 어린이의 가정환경을 정확하게 파악하도록 실시했었는데 그 결과 학부모님의 요구사항도 있었습니다.

가장 많은 요구사항은 '학력 향상에 노력해 주세요.' 하는 것이었습니다. 너무나도 당연한 요구입니다.

능력이 출중한 교사, 의욕이 충만한 교사가 충원되었으니, 금년에도 더 열심히 가르치겠습니다. 알찬 교육이 이루어질 것으로 예상됩니다. 기대해도 좋을 것입니다.

'등·하교의 교통 문제를 해결해 주세요.' 라는 요구도 있었습니다. 이것은 시급히 해결되어야 할 문제입니다.

진원초등학교는 면소재지에서 2km정도 떨어진 곳에 위치하고 있습니다. 그래서 교통이 매우 불편합니다. 특히 학구내 마을 '밤실'과 '영신'에서는 학교로 오가는 노선버스가 아예 없습니다. 이 마을의 학생 7~8명은 광주에 있는 학교로 다니고 있는 실정입니다.

이런 형편을 장성 교육청에 알리고 대책을 건의했습니다. 그러나 뾰쪽한 방안이 없었습니다. 또 114번 버스와 100번 버스를 면소재지에서 학교를 지나 산정리 삼거리, 영신 마을 방면으로 연장 운행하는 방안 등을 가지고 당국에 호소했었지만 그것도 좌절되고 말았습니다.

나의 의견으로는 통학버스가 배치되기를 원합니다. 그래야 학구내 학생들이 다른 학교로 취학하는 것을 막을 수 있습니다.

일부 학부모께서는 학원에 가기 위한 교통수단의 문제를 제기했습니다. 이것은 학교에서 다룰 성질의 것이 아닙니다.

학부모가 학교를 자랑하는 매우 반가운 일도 있었습니다.

'푸른하늘'이란 분에게서 이메일이 한통 날아들었습니다.

'장성교육청 홈페이지에서 진원초등학교를 자랑하는 글을 읽고는 진원초등학교 홈페이지에도 들렸으며, 거기에서 교육을 잘하고 있는 것을 확인했습니다.'

자기의 자녀를 '진원초등학교 병설 유치원으로 보내고 싶습니다.' 이런 내용이었습니다.

그분의 말대로 자기 자녀를 우리 유치원으로 보내게 될 것인지는 알 수 없습니다. 그렇지만 분명한 것은 진원초등학교를 사랑하고 자랑하는 학부모가 있다는 사실입니다.

"찬희가 컴퓨터 오락을 너무 많이 해요." 학부모의 이런 하소연에 대해서도 교감인 나는 찬희를 만날 때마다 대화를 시도하며 태도의 변화를 체크하는 등 학부모의 요구를 허투루 처리하지 않는 교감의 교육 방침을 학부모가 인정하고 그 세세한 내용을 인터넷에 올린 것 같습니다.

이날 학부모 회의는 2003학년도 학교 교육계획을 설명하였고, 학부모의 요구 사항에 관하여 진지하게 응답함으로써 상호간에 신뢰를 쌓으며 진솔한 대화를 나누는 등 소통하는 기회가 되었습니다.

수업의 고급 기술

운동회와 참 평가

2004년 5월 11일은 봄 운동회를 하는 날입니다. 10여 년 전까지만 해도 시골학교의 운동회는 그 지역의 축제였습니다. 그러나 진원초등학교 학생은 겨우 50여명, 이처럼 학생 수가 급격하게 감소되면서 운동회마저 쓸쓸하게 느껴집니다.

그렇다 해도 어린이의 신체발달을 도모하고, 강인한 체력을 기르며, 규칙을 준수하는 태도 그리고 이웃과 더불어 살아가려는 시민의식을 배양하려는 운동회의 교육 목표는 예전과 다를 바 없습니다.

따라서 이번 운동회를 통해 달성해야 할 교육 목표가 무엇인지 보다 구체적으로 인식하고 그것을 달성하도록 힘써야 할 책임이 교감인 나에게 있습니다.

여기서 내가 생각해 온 운동회의 교육 목표와 그것을 달성하기 위해 사용했던 교육 방법을 간략하게 소개합니다.

개회식

운동회의 개회식에서 달성해야 할 교육 목표를 진행하는 순서에 따라 살펴봅니다.

먼저 선수 입장입니다. 전체 학생들이 줄을 맞추어 보무도 당당하게 행진할 수 있어야 합니다.

다음에는 국민의례가 이어집니다. 국기에 대한 경례, 애국가 제창, 순국선열 및 호국 영령에 대한 묵념 등을 사회자의 구령에 맞춰 정확하게 동작할 수 있어야 합니다.

다음에는 교장선생님의 훈화를 듣습니다. 차분하고 경건한 자세로 귀 기울여 듣는 것도 중요합니다.

마지막으로 준비체조를 합니다. 손을 올리거나 내릴 때에도, 몸을 돌릴 때에도 같은 방향으로 돌리는 등 학생 모두가 절도 있는 동작을 똑같이 해야 합니다.

이상 교육 목표를 달성하기 위해 어떻게 지도할 것인지 '국기에 대한 경례'를 사례로 들어봅니다.

'국기에 대하여~'라는 구령이 떨어지면 학생들은 몸을 돌리고 고개를 들어서 태극기를 정면으로 바라봅니다. '경례!'라는 구령에 오른손의 손바닥을 쫙 펴서 왼쪽 가슴에 살짝 올렸다가 '바로!'라는 구령에 재빠른 동작으로 손을 내립니다.

아주 간단한 동작이지만 전체 학생의 동작이 일치하도록 지도해야 하는데, 동작을 잘하는 학생을 칭찬하고, 동작을 잘못한 학생은 교정해야 합니다. 이것을 나는 '참 평가'라고 말합니다.

'참 평가'는 교육하는 현장에서 반응하는 학생의 행동을 평가하고 교정하는 교육 활동입니다. 교육 내용에 비추어 그 잘잘못을 구체적으로 밝혀주고 즉시 칭찬하거나 교정하는 교육활동입니다.

학생 모두가 '국기에 대한 경례'를 잘하도록 지도하는 매우 효과적인 교수방법입니다.

운동 경기

운동회에서 펼쳐지는 경기는 해마다 다릅니다. 그러나 이 중에서 가장 기본이 되는 운동은 단거리 달리기입니다.

1학년과 2학년은 60m 정도의 거리, 3학년 이상은 100m의 거리를 달립니다.

나는 달리기를 지도할 때, 출발 자세와 출발하기, 전력으로 달리기, 결승선 통과하기 등으로 구분하여 세부동작을 먼저 가르치고 나중에 일련의 동작을 훈련했었습니다.

훈련하는 과정에서 학생들의 자세나 동작을 지적합니다. 처음에는 '시선이 땅을 향했다.' '팔을 앞뒤로 흔들지 않고 좌우로 흔들었다.' '결승선 앞에서 속도를 늦추었다.' 등 잘못된 동작을 지적하면, 몇 번 실시하지 아니하여 제대로 동작하는 학생이 나타납니다. 이런 학생에게는 '잘 했다.'는 칭찬과 함께 박수도 쳐 주며 격려했었습니다.

이것이 바로 '참 평가'를 활용한 지도방법입니다.

'참 평가'는 내가 즐겨 사용했던 교수방법입니다. 운동회와 같은 행사에서 사용한 것은 물론 학생들의 행동을 강화시켜 줄 때에도, 수업 목표를 인식시킬 때에도, 주의를 환기시킬 때에도 사용했던 교수 방법으로 초등학교에서 이루어진 다양한 교과의 수업에서 사용할 수 있는 최고의 고급 기술입니다.

교육의 기본 원리

일관성 적시성 계속성

제7차 개정 교육과정에서 강조하는 점은 '자기 주도적인 능력의 배양'입니다.

'자기 주도적인 능력'이란 자기의 인생을 자기가 주도하는 능력이요, 스스로 책임지는 능력입니다. 이런 사람을 나는 '자기 인생의 지도자'라고 정의합니다.

따라서 진원초등학교 학생 모두가 자기 인생의 지도자로 성장하기를 원합니다. 그렇게 교육할 때 나 스스로 중요하다고 여기는 교육의 원리가 있었습니다.

교육의 일관성

진원초등학교에서는 추구하는 인간상을 '진실 되고 창의적인 인간'이라고 정립했습니다. 이것은 제7차 개정 교육과정의 기본 방향 '건전한 인성과 창의성을 함양하는 기초·기본 교육의 충실'과 일맥상통합니다.

또 학교의 교육 목표는 국가수준의 교육과정에서 제시하는 교육목표를 기반으로 하고, 전라남도교육청의 장학 자료에서 제시한 교육목표와 전라남도장성교육청에서 제시한 교육목표를 참고하여, 학교의 현재 실정에 맞도록 설정했습니다. 따라서 교육 환경이 다르고 가르치는 교사와 배우는 학생의 수준에 차이가 있지만 추구하는 가치관은 같습니다.

이처럼 학교 교육은 국가 수준의 교육과 전라남도 교육청의 교육, 전라남도 장성교육청의 교육 등과 일관성이 유지되어야 합니다.

그리고 학급에서 이루어지는 교육 활동 곧 단위 수업 시간에 달성할 교육 목표도 학교 교육목표의 범주를 벗어나면 안 됩니다. 이것이 교육의 일관성입니다.

교육의 적시성

2003년 11월 초 장성군청에서 김흥식 군수의 말을 들은 적이 있습니다. 김 군수는 추수가 아직 끝나지 아니한 시점인데, 2004년도 농사를 준비하라고 지시했습니다. 볍씨를 선택하는 것, 퇴비를 장만하는 것 등 구구한 설명을 붙여가면서 당부하는 것이었습니다. 농사에서 때를 놓치지 아니하려는 염려에서 강조한 말이었습니다.

교육자인 나는 군수의 말을 듣고 부끄러웠습니다. 학교에서는 새로운 학년도가 시작되는 3월이면 눈코 뜰 새 없이 바쁩니다. 겨울방학부터 학년말까지 시간적으로 여유가 있을 때 준비했다면 이렇게 어렵지는 않을 텐데 하는 생각이 들어 부끄러웠습니다.

교육 내용에도 가르칠 시기와 순서가 있습니다. 문자를 익히는 시기는 1학년이고, 구구단을 외우기에 적당한 시기는 2학년입니다. 이 시기보다 이르면 배우는 학생이 부담을 느끼고 늦으면 어려움을 극복하지 못합니다. 또한 순서가 뒤바뀌어도 안 됩니다.

이것이 바로 교육의 적시성입니다.

피아제의 인지 발달 이론이나 콜버그의 도덕성 발달 이론 등은 교육의 적시성이 얼마나 중요한지 말해주고 있습니다.

교육의 계속성

무엇을 한번 가르쳤다고 해서 교육이 다 이루어진 것은 아닙니다. 개념을 완전히 이해하려면 일정한 시간을 두고 수준을 다르게 하여 반복적으로 지도해야 합니다.

체육시간에 공차기 몇 번 했다고 축구 선수가 될 수 없고, '도'의 위치가 어디이고, '레'의 위치가 어디라고 가르쳐 주었다고 리코더로 동요 한 곡을 온전히 연주할 수도 없습니다. 많은 시간 연습해야 가능합니다.

'애야, 컴퓨터 오락 조금만 해라.'고 하면 버릇이 단번에 없어질까요? 어림도 없습니다. 이렇게 쉽게 고쳐진다면 얼마나 좋겠습니까?

하나의 기능이 몸에 익혀지기까지, 좋은 습관이 형성되기까지, 몇 번이고 반복해서 가르ᄐ쳐야 하고, 계속적으로 지도해야 합니다. 이것이 교육의 계속성입니다.

교육과정의 유형으로 나선형 교육과정이 있습니다. 1학년에서 가르친 내용을 2학년에서 또 가르치되 그 수준을 달리해서 가르치는 교육과정입니다.

바로 교육의 계속성을 강조한 유형입니다.

이상 교육의 일관성, 적시성, 계속성 등 세 가지는 교육의 효과를 증대시키는 중요한 원리입니다.

행사의 자발적 참여

외부 행사

요즈음 진원초등학교 교사들은 매우 바쁩니다.

9월 27일 가을 운동회를 비롯해서 10월 2일의 과학 실험실기대회, 10월 15일부터 시작되는 기초 · 기본 학습 공통 과제에 대한 평가 등 교육 행사를 계획하고 있기 때문입니다. 여기에 종합교육행정정보시스템(NEIS)의 도입으로 교사의 업무량이 폭증한 시점입니다.

그런데 소방서의 불조심에 관한 글짓기와 포스터 그리기, 우체국의 예금 · 보험에 관한 글짓기, 공군 부대의 나라 사랑에 관한 글짓기 등 외부 기관의 협조 공문서까지 있어서 교사들의 어깨를 짓누르는 듯합니다. 이렇게 폭주하는 교육 행사를 효과적으로 감당하기 위해 취한 조치가 있었으니, 그것은 행사에 학생들이 '스스로 참가하기'입니다. 제7차 개정 교육과정에서 강조하는 '자기 주도적 학습 능력'을 배양하는 기회로 활용했습니다.

교육활동에 관한 안내

자기 주도적 학습의 기회를 제공하려면 행사에 관해 자세하게 안내해야 합니다.

행사의 때와 장소 그리고 그림을 그리는 도구, 원고지 등은 물론 아이디어를 얻을 수 있는 참고 서적, 그림, 잡지, 교과서, 메일 제공하는 어린이 신문, TV 방송 내용을 메모한 것 등 준비할 것에 대해서 안내합니다.

여기까지가 교사의 역할입니다. 행사의 참여 여부는 학생이 스스로 판단하여 결정합니다.

이것이 자기 주도적 학습으로 이끄는 첫 단계입니다.

일관성 있는 보상 체제

자기 주도적 학습이 성공하려면 일관성 있는 보상이 필요합니다.

보상은 학생의 성취 욕구를 충족시켜줍니다. 교육 활동에 참여하는 동기를 부여하고 결국 자기 주도적 능력을 배양하는 강력한 유인 체계입니다.

그러나 어떤 행사에서는 상을 푸짐하게 주고 어떤 행사에서는 상을 주지 않고 해서는 아니 됩니다. 이런 점을 보오나하기 위해 학교 교육 계획에 시상 기준을 마련했습니다. 학생들의 아이디어의 수준, 학생이 작품에 쏟은 정성의 정도를 살펴서 칭찬하기, 점수나 등급으로 구분하여 시상하기 등의 보상 기준을 마련해 놓았습니다.

외부 기관에서 요구하는 교육 행사를 자발적으로 참여하도록 조장함으로써 학생들에게 자기 주도적 학습의 기회를 제공했었고, 교사에게는 업무 처리에 필요한 시간을 확보해 주었을 뿐 만 아니라 외부 기관과의 유대를 강화하는 1석 3조의 교육성과를 거양했습니다.

이것은 '자기 주도적 학습 능력의 배양'이란 제7차 교육과정을 모범적으로 실천한 사례입니다.

수업 기술의 공유

과학실험연수

전라남도 장성 교육청에서는 여름방학 동안에 과학실험연수를 실시했습니다. 관내 초등학교 교사 40명을 대상으로 실시한 연수입니다.

사전 실험의 기회 제공

요즘에는 교사들이 과학 시간에도 ICT 교육이라 하여 인터넷이나 CD 타이틀을 이용하여 수업을 진행합니다. 이런 교사들에게, 과학실험연수는 실험기구를 조작하고 약품을 취급하는 등 과학 교과서에 등재된 실험에 대하여 사전 실험의 기회를 제공했습니다.

교사는 실험기구를 설치하고, 조작하여 결과를 도출하고, 보고서를 작성하는 동안 실험할 때의 조건 통제, 실험 결과의 도출 방법, 실험하면서 유의할 점 등에 관해 의견을 나누며 과학 교과의 수업 기술을 공유하게 되었습니다.

주변 환경을 이용한 과학실험

내가 담당한 분야는 지구과학 분야입니다. 실험 장치를 꾸미지 않고 학교 주변의 시설물이나 자연 환경을 그대로 이용할 수 있었습니다.

'태양의 고도'를 측정하는 실험은 막대를 세우는 대신에 배구 지주를 이용했었고, '바다 밑 땅모양'을 측정하는 실험은 진원초등학교 앞의 개울에서 막대를 꽂아가며 그 깊이를 측정했습니다. '태양에서 행성까지의 거리'는 운동장에서 실시했는데, 태양에서 지구까지의 거리를 1m로 하고, 수성, 화성, 명왕성 등 태양과 행성까지를 거리를 환산하여 그 거리만큼 떨어진 위치에 행성을 놓고 거리감을 느끼게 했습니다. 또 화산 폭발 실험은 모래장에서 실시하여 안전사고를 예방하면서 실험 과정을 관찰했습니다.

이렇게 하여 학교 주변의 자연 환경이나 시설물을 이용하는 창의적인 발상을 유도했습니다.

'여러 날 동안의 달 모양'을 관찰하지 못한 점은 매우 아쉽습니다. 사실 8월 17일부터 27일까지는 달의 모양을 관찰할 수 있는 절호의 기회였습니다. 그런데 이 기간 동안 매일 비가 내리고 구름이 잔뜩 끼었습니다. 달 모양을 관찰할 수 없었습니다. 수업에 필요한 데이터를 충분히 공유하지 못했었습니다.

'여러 날 동안의 달 모양'은 연수 대상자에게 미리 과제를 부여하는 것도 대안이 될 것 같습니다.

이번 과학실험연수는 교사 상호간에 과학 교과에 대한 수업기술을 공유함으로써 교실 수업을 개선하려는 전남교육의 중점 시책을 실현하는 데 크게 기여했습니다.

비상이 걸린 병설 유치원

원감의 고민

진원초등학교 병설유치원의 원아는 모두 7명입니다. 더 많은 원아를 모집하려고 노력하지만 그것이 쉽지 않습니다. 거기에는 학교에서 해결할 수 없는 애로 사항이 있기 때문입니다.

병설 유치원의 애로사항

사립 유치원에서는 차량을 이용하여 원아들을 실어 나릅니다. 아침에 집 앞에까지 와서 태워가고 저녁에도 집 앞에까지 와서 내려놓고 갑니다. 통학 차량이 없는 진원초등학교는 원아의 등·하교에 어떤 지원도 불가능합니다. 이것이 첫 번째 애로 사항입니다.

교육 시간도 병설유치원과는 경쟁이 안 됩니다. 우리는 아무리 오래 가르친다 해도 오후 4시면 가정으로 돌려보내야 합니다. 그러나 사립 유치원은 오후 6시가 넘도록 데리고 있다가 가정으로 돌려보냅니다.

병설유치원에서는 어떻게 대항할 수 없습니다. 이것이 두 번째 애로 사항입니다.

원아의 교육비의 지원 체제도 이상합니다. 우리 유치원의 교육비는 입학금 3,600원, 수업료 분기당 30,000여 원과 급식비 한 끼니에 1,000원입니다. 5세원아 중 극빈자로 책정된 가정의 자녀에게만 지원을 받습니다. 그 외의 원아에게는 등급이 있어서 어떤 원아는 60%, 어떤 원아는 30%만 지원 받고, 나머지는 가정에서 부담합니다. 극빈자 가정의 자녀라 해도 4세 혹은 3세 원아에게는 혜택이 없습니다. 반면에 사립 유치원의 수업료는 월 10만원이 넘습니다. 이것만 비교하면 사립 유치원이 매우 불리할 것 같습니다. 그렇지만 사립 유치원에서는 차량 운행비, 급식비는 무료라고 홍보합니다. 그리고 국가는 사립 유치원의 수업료를 그대로 보조해주고 있습니다. 이것이 세 번째 애로 사항입니다.

이상은 진원초등학교 병설유치원이 원아를 확보하지 못하는 원인입니다. 사립 유치원과 경쟁할 수 없는 치명적인 애로사항입니다.
이런 상황인데다가 원아를 확보해야 할 중요한 시기에 유치원 교사가 분만 휴가에 들어갔습니다. 그래서 병설 유치원 교육에 비상이 걸린 것입니다.
2003학년도에 유능한 교사가 전입되기를 학수고대할 뿐 2월 중 유치원의 학사 일정을 어떻게 감당할 것인지 머리를 싸매고 고민하는 원감 곧 나에게 걸린 비상입니다.

5일 간의 유치원 교육

나를 단련시키는 시험

유치원 교사의 분만 휴가에 들어갔습니다. 휴가 기간이 장장 90일, 2003년 2월부터 5월까지입니다.

교사에게 분만 휴가는 국가에서 허락한 일입니다. 휴가 기간을 90일 동안 사용한 것도 마찬가지입니다. 2003년 2월부터 사용하건 3월부터 사용하건 교사가 알아서 선택할 일이기에 이것 또한 문제될 게 없습니다.

그런데 무엇이 문제인가? 전라남도 교육청의 교원 인사 관리 규칙에 따라 이 교사는 지역 만기 교사로 2003년 3월 1일이 되면 타 시·군으로 전출해야 합니다. 그래서 진원초등학교 병설 유치원에서 사용할 수 있는 휴가 기간은 2월말까지만 해당됩니다.

휴가 기간이 90일이니 기간제 교사를 사용하면 될 게 아닌가? 진원초등학교 병설 유치원의 2월 학사 일정은 단 5일입니다. 기간제 교사의 임용 조건에 턱없이 모자랍니다. 그래서 문제입니다.

임시 강사라도 쓸 수 있는지 교육청에 문의했습니다. 담당 장학사는 가능하다고 대답했습니다. 강사를 구하는 일이 여간 어렵지 않습니다. 다행히도 유능하다고 여겨지는 강사를 구했습니다. 강사의 마음이 변하기 전에 서류를 제출받아 서둘러 계약을 마쳤습니다. 그런데 담당 장학사로부터 연락이 왔습니다.

"유치원의 연간 수업일수가 180일인데 현재까지 수업한 일수가 얼마나 됩니까?"

"수업일수 180일은 12월에 이미 다 채웠습니다."

"유치원의 법정 수업일수가 180일이니까 학사 일정이 남아 있다고 해도 180일 초과분에 대해서는 강사를 임용하기 어려울 것 같습니다."

"그러나 강사 문제는 학교에서 판단하여 처리하세요."

이게 무슨 말입니까? 학교에는 이런 예산이 아예 없습니다. 또 학년말이라 남은 예산도 거의 바닥이 났습니다. 한 마리도 강사를 사용할 수 없게 된 것입니다. 그리고 이미 계약한 강사에게 무어라고 말해야 합니까?

참으로 난처했습니다.

유치원 교육

진원초등학교 병설 유치원은 제7차 교육계획에서 정한 연간 수업일수 180일을 마쳤으니 2월 학사 일정을 생략해도 괜찮습니다. 그러나 2월은 원아를 모집해야 할 중대한 시기입니다. 그렇게 할 수도 없습니다. 유치원 교육을 담당할 수 있는 여유 인력도 없습니다. 이러지도 못하고 저러지도 못하게 된 것입니다.

그나마 다행스러운 점은 나에게 유치원 2급 정교사 자격증이 있다는 것입니다. 그렇다 해도 원아를 상대로 교육해본 경험이 없으니 그저 막막했습니다.

6명의 원아가 기다리는 교실로 들어갔습니다. 나와 공부하는 동안 무엇인가 배운 보람이 있기를 바라며 수업을 시작했습니다.

그림을 복사하여 색칠하기 공부도 하고, '일곱 아기 염소와 늑대' 이야기도 들려주었습니다. '곰 세 마리' 동요를 부르며 율동도 했습니다. 그리고 리바운드에서 팔짝팔짝 뛰기, 농구공 넣기 등 신체활동도 했습니다. 용성이의 덩크 슛 동작이 아주 멋있었습니다.

수업을 진행하던 중에 기찬이가 쟁반을 들고 와서는 책상 앞에 얌전하게 앉았습니다. 간식시간이었던 것입니다. 유치원 교육이 초등교육과는 다르다는 사실을 미처 깨닫지 못했습니다. 학교 앞에는 가게도 없습니다.

그 민망함을 말로는 표현할 수 없었습니다.

"기찬아, 내일 사 줄게."

이렇게 달랬지만, 나는 죄인 아닌 죄인이 되고 말았습니다. 아무리 생각해 보아도 뒷맛이 씁쓸했습니다.

학부모에게 안내장을 보냈습니다. 유치원 교사가 분만 휴가 중이어서 교감이 대신 수업을 하고 있다는 사실을 알리고, 졸업식 날짜와 준비할 일에 대하여 안내했습니다.

다음날 학부모 한 분이 찾아 왔습니다. 크레파스와 다른 학용품을 들고 와서는 졸업 선물이라고 전했습니다.

그런데 얼굴 표정이 요상했습니다. 교사도 없이 공부한다는 사실에 속이 상한 것 같습니다. 충분히 이해가 됩니다. 학부모는 자기 아이를 데리고 가버렸습니다. 달랠 수도 없었고, 변명할 수도 없었습니다. '잘 가라.'는 말도 할 수 없었고, '고맙다.'는 인사도 못했습니다.

결국 원아는 5명으로 줄어들었습니다. 내가 이 학부모에게 무슨 잘못을 저질렀는가? 왜 나에게 화를 내는가? 가슴이 미어지는 듯했습니다.

가만히 생각해 보니 어떤 강력한 힘이 나를 코너로 모는 것 같습니다. 고의적인 것은 아니지만, 분만 휴가를 낸 유치원 교사, 교육청의 유아 교육 담당 장학사, 자기 아이를 데리고 가버린 학부모, 간식 시간에 나를 무색하게 만든 기찬이까지 모두가 합세하여 사각의 링에 선 나를 거칠게 몰아치는 압박감을 느꼈습니다.

그래도 시간은 흘러 졸업식날이 되었습니다.

아이들은 국기에 대한 경례, 애국가 제창, 묵념을 제법 엄숙하게 진행했습니다. 이어서 교장 선생님의 말씀을 듣고 다영이와 용성이가 답사를 낭독했습니다. 또박또박 낭독했습니다. 동석한 학부모들이 박수를 보냈습니다.

이렇게 해서 5일 간의 유치원 교육이 끝났습니다. 마음이 홀가분해졌습니다.

억지로 맡겨진 유치원 교육, 좌로도 우로도 기웃거리지 못하고 앞만 보고 달려온 유치원 교육, 그것은 나를 단련시키는 시험이었습니다. 교장으로 승진하면 더 큰 어려움이 있으니 내성을 가지라고 나를 뜨거운 불에 녹여 단련시킨 것이었습니다.

좋은 교사 좋은 교육(1)

수업에 능한 교사

모 교원 단체에서는 2004년도 교육주간 표어로 '좋은 교사 좋은 교육'이라고 발표했습니다. 이 단체에서 '좋은 교사'와 '좋은 교육'의 관계를 어떻게 설정했는지 자세하게 알지는 못합니다.

다만 30년 이상 초등 교육을 담당한 경험에 비추어 개인적인 의견을 피력하면, '좋은 교육'의 가장 중요한 요소는 '좋은 교사'라는 생각에서 '좋은 교육 좋은 교사'라 하지 않고 '좋은 교사 좋은 교육'이라 한 것으로 이해됩니다.

그렇다면 좋은 교사란 어떤 교사를 가리킬까?

열정적으로 수업하는 교사

2004년 5월 19일 'ICT활용을 통한 좋은 수업 어떻게 할 것인가?'란 주제로 ○○초등학교 1학년 교실에서 수업을 공개한 여자 교사가 있었습니다. 이 여자 교사는 2002학년도에 수업장학요원으로 교감 선생님들이 참관한 가운데 2학년을 데리고 즐거운 생활 교과의 수업을 공개했었는데, 오늘 또 장성군 관내 선생님을 모시고 수업을 공개한 것입니다.

이처럼 열정적으로 수업하는 교사가 '좋은 교사'입니다.

연구하는 교사

초등학교의 교사는 다루어야 할 교과목이 많습니다. 저학년에서는 5개 교과, 고학년에서는 무려 9개 교과에 이릅니다. 따라서 교과 교육에 관해서 항상 연구해야 합니다.

교과별로 교육 목표를 파악하고, 목표 달성을 위한 효과적인 교수·학습 방법을 구사하며, 교과의 내용을 학생들이 이해하기 쉽게 해석할 수 있어야 합니다. 또 학생의 발달 정도에 맞은 학습 과제를 제시하고, 목표의 도달 정도를 순간순간 평가하며 수업을 진행할 수 있어야 합니다. 학생들의 창의성을 자극하고 잠재된 능력을 일깨우는 발문을 하고, 학생의 응답을 적절하게 처리하는 능력도 지녀야 합니다.

학생들이 긴장감을 늦추지 아니한 가운데 수업을 진행할 수도 있어야 합니다.

결국 '좋은 교사'란 다양한 수업 기술을 구사할 수 있도록 끊임없이 연구하는 교사입니다.

교구를 능숙하게 다루는 교사

초등학교 교사는 담당할 교과가 많은 만큼 다루어야 할 교구도 다양합니다. 뜀틀, 철봉 등 체육 교구, 오르간이나 피아노와 같은 악기, 국어 교과의 원고지, 수학 교과의 삼각자나 컴퍼스, 사회 교과의 지도, 과학 교과의 각종 실험기구와 실험 약품 등을 능숙하게 다룰 수 있어야 합니다.

또 주당 최대 32시간의 수업 말고도 주간 수업안을 작성하는 일, 평가 문항을 작성하고 평가를 실시하며 그 결과를 처리하는 일 등은 수업과 관련하여 감당해야 할 업무입니다.

교사는 교과 교구를 다루는 기능과 수업과 관련된 제반 업무를 능숙하게 처리할 수 있어야 합니다.

이처럼 수업에 능한 교사라야 '좋은 교사'입니다.

좋은 교사 좋은 교육(2)

생활지도에 능한 교사

'수업을 능한 교사'라야 '좋은 교사'라고 언급했습니다. 그러나 초등학교에서의 좋은 교사는 그것만으로는 충분하지 않습니다. '생활지도에도 능한 교사'라야 합니다. 어쩌면 이게 더 중요합니다.

가장 어려운 교육활동, 생활지도

내 경험에 의하면 초등학교의 교육활동 중 가장 어려운 것은 생활지도입니다. 어떤 학급이건 말썽을 피우는 학생이 있습니다. 싸움을 자주하는 학생, 힘이 약한 자를 괴롭히는 학생이 있는가 하면 왕따를 당하여 학교에 나오기 싫어하는 학생도 있습니다. 이 중에서 다루기에 가장 어려운 경우는 도둑질하는 학생입니다. 만약에 이런 학생이 단 한 명이라도 있으면 그 학급의 담임교사는 참으로 힘듭니다.

담양군 모 초등학교에서 2학년을 담임했을 때입니다. 친구들의 급식비를 훔치고 심지어 학원 강사의 지갑을 훔치는 여자 학생이 있었습니다.

정신병원에 들락거리는 아버지도, 나이가 많으신 할머니도 4학년

오빠와 함께 못된 짓을 하는 이 아이의 행동을 통제할 수 없었습니다.

나는 이 아이의 나쁜 버릇을 고치려고 백방으로 노력했었습니다. 경찰 파출소를 찾아가서 파출소장과 의논을 해보았고, 학교 앞 가게 주인들에게도 협조를 요청했었습니다. 그러나 이 아이의 나쁜 행동을 제어할 수 있는 방법은 없었습니다. 한 마디로 속수무책이었습니다. 참으로 힘들었습니다.

생활지도는 이렇게 어렵습니다.

아무리 그렇다 해도 교사에게는 학생을 선도할 책무가 있습니다. 먼저는 나쁜 버릇이 생기지 않도록 예방해야 합니다. 나는 이것을 예방교육이라고 말합니다. 간혹 나쁜 버릇이 있는 학생의 행동을 교정할 수 있는 효과적인 지도 방법도 익혀야 합니다.

이런 의미에서 '좋은 교사'란 생활지도에 능한 교사입니다. 다시 말하면 수업에도 능하고 생활지도에도 능한 교사라야 비로소 '좋은 교사'라고 말할 수 있습니다.

학생을 사랑하는 교사

생활지도의 기본은 학생을 사랑하는 것입니다.

장흥군 어느 초등학교에서 근무할 때, 교육대학교를 갓 졸업한 기간제교사와 근무한 적이 있었습니다. 비록 1개월의 짧은 기간이었지만 그 교사는 학생들을 지극히 사랑했었고, 학생들 역시 그를 따르는 것을 볼 수 있었습니다.

생활지도는 학생을 사랑하는 마음, 학생을 있는 그대로 존중하는 마음가짐을 바탕으로 이루어지는 것 같습니다.

진원초등학교에서는 생활지도를 효과적으로 수행하기 위해서 모범 어린이장제를 운영하고 있습니다. 칭찬의 방법을 활용하여 건전하고 바람직한 생활 태도를 배양하려는 교육 시책 중 하나입니다. 이 시책을 적극 활용하여 모두가 좋은 교사로 거듭나기를 소망합니다.

걷어내야 할 거품

교육 시책 두 가지

송병락 교수는 '부자 국민 일등 경제'[39]라는 책을 통해서 맹수들이 들끓는 험악한 정글에서 살아남기 위해서는 '팬티만 입으라.'고 강조합니다.

조직이든 사람이든 정글과도 같은 경쟁사회에서는 최소한의 것을 남기고 몸을 가볍게 해야 한다는 주장입니다. 군더더기를 잔뜩 걸치고 있으면, 그만큼 기동력이 떨어지고 경쟁에서 뒤쳐지게 되므로 군살을 걷어내야 한다는 말입니다.

거품 없는 경영이 중요하다는 것을 강조합니다.

학교는 학생들을 나라와 고장의 발전에 공헌할 유능한 인간으로 육성하려는 데 목적이 있습니다.

이러한 목적 달성을 위해 추구하는 인간상을 정립하고, 교육목표와 노력중점을 설정합니다. 또 교육과정 영역별 혹은 교과별 교육목표와 교육내용, 교육방법, 평가에 대한 방향을 정하고, 구현 방법을 세

---

39) 이원복. 부자 국민 일등 경제. 송병락 교수의 경제 이론을 만화로 엮은 책 P 12

부 시책으로 표현합니다.

이것이 바로 학교 교육계획입니다.

그런데 학교의 교육 활동에서 걷어내야 할 거품이 있습니다. 두 가지만 언급합니다.

수준별 교육과정의 편성

'수준별 교육과정'이란 보통 수준의 학생을 위한 기본 교육과정, 우수한 학생을 위한 심화형 교육과정, 부진한 학생을 위한 보충형 교육과정 등 교육과정을 세 가지나 마련하라는 교육정책입니다.

이 교육 사상은 학생의 능력 수준에 맞게 교육하자는 것으로 해석됩니다. 그렇다고 해도 9과목이나 감당해야 하는 초등학교의 교사에게 교과마다 세 가지의 교육과정을 마련하게 할 수는 없습니다. 그것은 교사의 업무 부담을 가중시키고 결국 교육의 경쟁력을 약화시키는 나쁜 시책입니다.

진원초등학교에서는 기본형 교육과정 하나만 마련했습니다. 그리고 수준별 교육과정은 수업 중에 적용했습니다. 우수한 학생에게는 심화형 과제를 부여하고, 부진한 학생에게는 보충형 과제를 부여하는 것입니다.

이는 제7차 교육과정의 기본 정신을 살리면서 교사의 업무 부담을 줄이려는 교감의 결단이었습니다.

수업 시수 산출표의 작성

초등학교에서 이수해야 할 연간 수업일수는 220일입니다. 1년 365

일 중에서 일요일과 공휴일, 방학을 제하고 수업할 날을 추출합니다. 추출된 수업일마다 이수할 수업 시수를 배정합니다. 예를 들어 3월 2일 하루 동안의 수업 시간이 1학년은 4시간입니다. 특별활동 2시간, '우리들은 1학년' 2시간 이런 방법으로 수업 시수를 영역별 교과별로 배정합니다.

3월 1일부터 여름방학을 시작하는 날까지는 1학기로, 방학 이후 다음 해 2월 말까지는 2학기로 구분하여 1년 동안에 이수해야 할 수업 시수를 배정하는데, 6학년의 경우 배정할 수업 시수는 1학기에 584시간, 2학기 512시간, 연간 수업 시수 1,096시간입니다.

문제는 이렇게 까다로운 과정을 거쳐 작성한 '수업 시수 산출표'가 제대로 지켜질 수 없다는 것입니다. 또 같은 학년이 두 학급 이상이면 이 표의 내용을 수용할 수 없고, 어떤 사유로 학교의 학사 일정이 변경되는 경우도 있어서 계획대로 실천할 수 없습니다.

더욱 심각한 것은 제7차 교육과정에서는 고정시간표를 사용하지 말라고 권장합니다. 이것은 '수업 시수 산출표'를 작성하는 의도와 모순이 됩니다.

진원초등학교에서는 '수업 시수 산출표'를 작성하는 대신에 '주안 작성 시스템'을 자체 개발하여 활용하고 있습니다. 이 시스템을 이용하여 주안을 작성하면 영역별 혹은 교과별 수업 시수가 자동으로 계산됩니다. 그래서 어떤 사정으로 시간표가 변경되더라도 신경을 쓸 필요가 없습니다. 교사의 업무를 경감하고 교육의 경쟁력을 제고(提高)하기 위해 교감이 개발했습니다.

이상 밝힌 것처럼 '수준별 교육과정'을 편성하는 일과 '수업 시수 산출표'를 작성하는 일은 교사의 업무를 가중시키고 급기야 교육의 경쟁력을 약화시키기 때문에 시급히 걷어내야 할 거품입니다.

제8장

학교, 아이들이 행복한 세상

학교는 지옥인가?

수업 사례

"얘야, 학교생활이 어떠니?"

"학교는 지옥이어요."

어느 목사가 소개한 딸과 나눈 대화의 한 도막입니다. 15세의 꽃다운 나이에 학교생활이 지옥이라면 참으로 불행한 일이 아닐 수 없습니다.

과연 학교는 지옥인가? 절대로 그렇지 않습니다. 1998학년도에 근무했던 무정동초등학교의 사례를 소개합니다.

동극 '흥부와 놀부'(지도교사 ○석동)

○석동 선생님은 학예발표회 종목으로 동극 '흥부와 놀부'를 지도했습니다. 흥부와 놀부는 우리가 다 아는 이야기였지만 몇 군데 장면에서 웃음이 저절로 터져 나왔습니다. 먼저 배역에서 눈길을 끌었습니다. 흥부는 남자 학생으로 분장하였으나, 놀부는 여자 학생에게 배역을 맡겼습니다. 남자 옷을 입히고 얼굴에는 수염도 그렸습니다. 능청맞기까지 한 놀부의 연기가 훌륭했습니다.

제사를 드리는 장면에서는 사진을 뺀 액자를 얼굴 앞에 들고 제사상 앞에 앉아 초상화를 대신하는 소품도 재미있었습니다.

"아버지께서는 '물 한 그릇만 올려 달라.'고 말씀하셨지만, 나는 물을 한 동이나 올려놓았고, 거기에 (고기 이름이 적힌 카드를 가리키며) 고기반찬도 올렸습니다." 하며 제사상에 앞에서 자기 칭찬에 열을 올리는 놀부의 말거리도 재미있었습니다.

거기에다 장면이 바뀔 때에는 학생들로 이루어진 사물놀이 패들이 한 바탕 흥을 돋우며 무척 즐거워했습니다.

풍물 '영산 가락'(지도교사 ○수이)

○수이 선생님은 사물놀이를 지도합니다. 점심시간이면 사물놀이에 흥미를 갖는 학생 10여명이 1학년 교실로 모입니다. 징, 꽹과리, 북, 장구 등 자기가 맡은 악기를 하나씩 들고 두드립니다.

처음에는 천천히 두드리다가 상쇠의 인도에 따라 리듬을 타기 시작합니다. 어깨와 엉덩이가 들썩이며 신나게 두드립니다. 특히 5학년 남자 학생의 장구 치는 동작은 보기만 해도 저절로 흥겹습니다. 고개를 좌우로 흔드는 몸동작이 그렇습니다. 10여분 동안 이어진 연주가 끝나면 학생들의 이마에 송골송골 땀방울이 맺히고, 그 얼굴에는 웃음이 번집니다.

요즈음처럼 특기·적성 교육활동으로 수당을 받는 것도 아닙니다. 점심을 먹고 난 후 휴식마저 반납했지만, 지도하는 선생님이나 배우는 학생들 모두가 행복한 시간입니다.

이렇게 교육하는 데 어찌하여 학교가 지옥인가? 이 두 분의 선생님을 나는 좋은 교사라고 말합니다. 교육과정에 대하여 이해가 깊고,

교사, 교수·학습 방법을 개선하며, 학생을 사랑하는 이런 교사가 근무하는 데 어찌하여 학교가 지옥이란 말인가?

다음은 회진초등학교 학생을 대상으로 실천했던 나의 수업 사례입니다.

5학년 음악시간

나는 5학년 1반과 2반 두 학급의 학생을 다목적 교실로 데리고 갔습니다. 피아노를 배우는 학생에게 반주를 시키고 학생들과 함께 노래를 배웠습니다. 처음에는 가사를 익히고 음정에 맞게 따라 부르기를 하였습니다. 기본 리듬치기, 박자 치며 부르기 등 노래를 익히는 데 중점을 두어 지도했습니다.

수업이 조금 지루하게 느껴질 때, 학생들을 자리에서 일어나게 합니다. 제자리걸음을 하면서 노래를 부릅니다. 두 사람씩 마주 보고서서 노래를 부르다가 신호를 하면 자리를 바꿉니다. 서로 왼쪽 팔을 걸고 오른쪽 손을 어깨 위로 들고 반짝반짝 하면서 돌았다가 상대와 두 손을 잡고 자리를 바꾸기도 합니다.

노래가 끝나자마자 가위 바위 보를 합니다. 진 사람은 이긴 사람을 업고 교실을 한 바퀴 돕니다. 또는 진 사람은 엎드리고 이긴 사람이 진 사람의 두 발목을 잡고 교실을 한 바퀴 돕니다. 힘에 겨워 쓰러지기도 했지만 두 사람은 한 덩어리가 됩니다. 쑥스럽다고 하던 학생들의 얼굴에서 웃음이 번지며 교실은 금세 활기를 띱니다.

2학년 즐거운 생활 시간

즐거운 생활(체육) 시간은 보통 준비 체조, 본 운동, 정리 체조 이런 순서로 진행합니다. 그러나 나는 준비체조 대신 달리기를 합니다.

2학년 학생들은 달리기를 매우 좋아합니다. 먼저 강당의 뒤쪽에 4열종대로 늘어섭니다. 그리고는 무대 앞까지 달려갔다 돌아오는 경주를 합니다. 한 사람씩 달리기도 하고 이어서 달리기도 합니다. 아이들은 즐겁게 달립니다.

중간 지점에 매트를 깔아 놓고 달려가다가 매트 위에서 구르고 돌아 올 때 또 구릅니다. 처음에는 구르는 동작이 극히 서투르지만 멋진 폼으로 구르는 학생의 동작을 시범보이면 곧잘 따라 합니다.

다음에는 공을 들고 달립니다. 매트 앞에 오면 공을 공중으로 던져 놓고 매트 위에서 구른 다음 공을 찾아 들고 달립니다. 돌아 올 때에도 마찬가지로 합니다.

달리기 경주가 끝난 학생은 자기 줄의 맨 끝으로 가서 응원합니다.

이렇게 하는 동안, 학생들은 달리기, 공 다루기, 구르기, 질서 지키기 등 신체 활동이 종합적으로 이루어집니다.

학교는 지옥이 절대 아닙니다. 그것을 입증하는 사례로 제자의 편지를 첨부합니다.

* ○세웅, 1998학년도 무정동초등학교 6학년
* ○신기, 1999학년도 관산동초등학교 6학년

줄넘기 기록 세우기

무정동 김세웅

TO. 선생님께

선생님 안녕하세요?

저 세웅[40]이에요. 몸은 건강하신지 모르겠네요.

선생님께 너무 오랜만에 편지 드리는 거죠? 벌써 1년인가요? 소식 끊어진 게.

써야지, 써야지 마음먹으면서 쓰지 못하고 벌써 1년 이란 시간을 보내 버렸네요. 저 아직 안 잊으셨죠? 잊으셨다면 정말 섭섭할 텐데……. 안 잊으셨을 거라 믿어요. 믿습니다!

아직 가을인가 봐요. 날씨가 제법 쌀쌀한데요.

선생님 감기 안 걸리셨나 몰라. 전에 몸 안 좋으시다 하신 것 같은데…….

학교 일 열심히 하시는 것도 좋지만 몸이 더 중요한 것 아시죠?

---

40) 1998학년도 무정동초등학교 6학년. 현재는 폐교되었음.

선생님, 지금도 담임 맡고 계셨다면 토요일마다 줄넘기 하고, 기도 하고 빵 먹겠죠.

6학년 때의 기억, 제가 학교 생활하면서 가장 즐거웠던 추억이에요. 절대 잊을 수 없는…… 선생님도 그러시죠?

제가 그 때 줄넘기 기록을 세웠잖아요. 700개, 남자 기록은 부열이고. 그때 얼마나 기뻤던지 열심히 줄넘기해서 지금도 건강하게 잘 지내고 있어요.

언제 한 번 찾아뵙고 싶은데, 그게 잘 안되네요. 길도 잘 모르겠고, 조금 전에 교육청 홈페이지에 들어가서 선생님 이름을 검색해 봤어요. '진원초등학교', '무정동초등학교'라면 좋겠다는 생각을 했어요.

지금 계신 학교 애들도 저희들처럼 귀엽죠? 우리가 좀 귀여웠지요. 그렇게 생각하시죠?

선생님 저 초등학교 때 진짜 애교 없었죠? 근데 지금은 얼마나 애교스러운지 아세요? 애교 덩어리 세웅-

제가 벌써 고 2예요. 시간 참 빨리 가죠? 벌써 (초등학교를 졸업한 지)5년이라니, 이렇게 시간이 빨리 가는 것 보면 제가 늙긴 늙었나 봐요. 헷-^-^. 그래도 잊혀지지 않는 기억이 신기하죠? 중학교 때 기억은 거의 생각나지 않는데…… ~ 초등학교 때로 돌아갈 수만 있다면 돌아가고 싶어요.

고등학교 생활, 이제 2년째로 접어들지만 아직도 힘들거든요. 자꾸 집중력이 떨어지고, 수업 시간에 배운 내용들이 이해가 안 될 때가 많아요. 많은 노력이 필요하다는 것 알지만 제 생각대로 되지 않아서 조금은 아주 속상해요.

초등학교 때는 이런 걱정 안 했는데, 너무 다르죠? 고등학교랑 초등학교

선생님 지금부터 열심히 한다면 늦지 않았겠죠? 이제 2주 뒤에 중간고사가 있어요. 이제 수능 46일 남았으니 고3이라 해도 될 듯싶죠. 2주 동안 열심히 (공부)해서 좋은 성적을 얻을 수 있게 해야죠. ^-^ 가끔 조언해 주세요. 세웅이 열심히 공부하라고 . ^^

이 편지지 예쁘죠? 제가 선생님을 위해서 특별히 주문 제작(?)한 편지지랍니다. - ^-^

항상 기억에 남을 수 있는 좋은 추억 만들어 주셔서 감사해요. 저도 아니 저희도 선생님께 좋은 추억거리가 되었으면 좋겠습니다. 좋은 추억이라 생각하고 계시죠?

다음에 꼭 찾아뵐게요. 올해가 가기 전에 ~ 세웅이가 갑니다. 가면 맛있는 것 많이 사주실꺼죠? ^^헷헷 ≥ㅁ≤

선생님 다음에 또 편지 쓸게요.

제가 선생님 많이 좋아하는 것 아시죠? 절데 안 잊히네요. 늘 건강하시구요. "꼭" 다음에 또 쓸게요.

안녕히 계세요.

2003년 9월 30일

Lovely 제자 세웅 올림

컴퓨터(basic) 배우기

관산동 홍신기

고병균 선생님께…

안녕하세요? 선생님 저 기억하실런지…

선생님께서 벌써 4년 전인가? 그때 관산동초등학교에 계셨잖아요. 그 당시 저희 담임 선생님이셨던…. 저 홍신기[41]입니다.

제가 벌써 고등학생이 되고 시간이 많이 흘렀네요. 엊그제 선생님과 뛰어 놀며 공부한 거 같은데 말이에요.

그 동안 어떻게 지내셨어요? 저야 그럭저럭 잘 지내고 있습니다. 여기 창평고등학교에 와서 느낀 것도 많고 앞으로 열심히 공부해야겠다는 다짐도 들고 말이에요.

창평고등학교 알죠? 저희 누나가 창평고등학교 다니고 있어서 창평고등학교에 오게 됐어요. 처음에는 장성고등학교로 갈려고 했었는데 ….

아참 그러고 보니까 고등학교에 입학하기 전에 선생님과 통화했던

---

41) 1999학년도 관산동초등학교 6학년. 현재는 폐교되었음.

생각나네요. '키 많이 컸냐?'는 등 물어보셨잖아요. 이때까지 안 잊고 관심 가져주시고… 다시 한 번 감사합니다.

그리고 다른 아이들도 잘 지내고 있어요. 인현이는 장흥고에서 성적이 잘 나오고 금태 상호 금구 동호 성민 은미 금순 석자 이란영 애들은 관산고 진학해서 다들 잘 지내고 있을 겁니다. 초등학교 동창인데, 자주 만나보지도 못하고

그리고 정란영은 자기 언니 따라 영광여고 갔고, 정운이는 중학교 1학년만 미치고 고향으로 돌아갔어요.

선생님, 위로 한 말씀 부탁드립니다. 제가 커서 무엇을 해야 할까? 하는 고민에 빠져 있기도 하고… 꿈도 확실하지 않고… 성적도 그리 좋은 것도 아닌데… 정말 큰 걱정입니다.

선생님께서는 디자인 쪽으로 나가라고 하셨는데, 제가 그렇게 미술을 잘한 것도 아니고 부족한 게 너무 많아요. 뒤쳐지지 않으려면 레슨도 받아야 되고 미술학원은 기본이고 … 그런데 그런 형편이 못되잖아요. 하고 싶지만 부족한 게 너무 많아서 …

이때까지 산업디자이너라는 꿈을 가지고 있었는데, 점점 희박해지는 것 같고, 불가능할 것 같은 느낌도 들고, 능력만 있다면 홍익대학교 산업디자인과를 가고 싶은 데 … 생각할수록 머리 아프고, 휴 ~ 부모님께서 기대 많이 하고 계시는 데 부담도 되고 …

갑자기 초등학교 6학년 때가 생각나네요. 밤늦게까지 한 달 동안 선생님으로부터 Basic(베이직)을 배워 가지고 대회 나가서 입상하고 … 그게 나중에 정보처리기능사 시험 볼 때 많은 도움이 됐어요.

토요일이면 한명씩 돌아가면서 과자 사와서 기도하면서 나눠먹고

··· 지금 생각해보니까 그때가 그리운 것 있죠. 어렴풋이 기억나는 거는 선생님 주소인데 ··· 광주광역시 북구 삼각동인 것 같은데 아직도 거기에 사세요? 시간 나면 한 번 찾아뵙고 싶은데 ··· 시간이 날지 모르겠어요.

그럼 이만 줄입니다.

몸 건강하시고 안녕히 계세요.

학교생활이 재미있어요

전입학생과의 면담

2004학년도에 진원초등학교로 전입한 5학년 ○보람, 2학년 ○준영, 2학년 ○수범 등 3명의 학생과 면담을 실시하였습니다.

* 면담 목적 : 1학기 교육활동 반성
* 면담 일시 : 2004년 7월 9일 10:40
* 면담 장소 : 진원초등학교 교무실
* 면담 담당 : 교감 고병균
* 면담 방법 : 학생 3명과는 직접 대화하고, 부모와는 전화 통화로 대담하였음
* 면담 내용 : 전학 온 이유, 학교생활 전반에 관한 의견, 자녀를 위해 바라는 점

○보람(5학년, 2004년 3월 2일, 광주○○초등학교)

교감 : 보람이는 진원초등학교에 다니다가 다른 학교로 전학 갔지요?

보람 : 1학년 때 사○초등학교로 전학 갔습니다.(당시 5학급 규모의 복식학급이 있는 과소규모 학교였음) 다시 광주○○초등학교로

갔고, 이번에 진원초등학교로 전학 왔습니다.

교감 : 왜 진원초등학교로 전학 왔나요?

보람 : 동생이 1학년에 입학하는 데 함께 다녀야 하고, 엄마께서 진원초등학교에서 공부를 잘 가르친다는 소문을 들으시고 전학 오게 되었어요.

교감 : 진원초등학교에서의 생활이 광주ㅇㅇ초등학교와 비교해서 다른 점은 무엇인가요?

보람 : 공부하는 방법을 잘 가르쳐 주서서 재미있어요. 운동회할 때에도 ㅇㅇ초등학교는 학생 수가 많고 운동장이 좁아서 몇 가지 못하는 데, 여기서는 여러 종목을 하니까 재미있고, 또 야영·수련활동은 처음 했는데 무척 재미있었어요. 감각게임, 미니올림픽, 모닥불놀이, 촛불의식, 밥해먹기 등 얼마나 재미있었는지 몰라요.(보람이가 야영수련활동에서 매우 활발하게 활동하는 모습을 보았음)

교감 : 친구는 어떠한가요?

보람 : 광주ㅇㅇ초등학교는 학생 수가 많아서 친구들과 싸워도 괜찮았는데 여기서는 싸우면 놀 친구가 없으니까 안 싸워요.

○준영(2학년, 2004년 3월 2일, 광주ㅇㅇ초등학교)

교감 : 진원초등학교로 전학 와서 좋은 점이 있나요?

준영 : 친구들하고 운동장에서 뛰어 노는 게 즐거워요.

준영이의 아버지와 전화 통화를 했습니다.

교감 : 어떻게 해서 준영이를 진원초등학교로 보내게 되었나요?

부모 : 진원초등학교 57회 졸업생이고, 진원에는 준영이와 하영이(1학년)를 돌봐주실 부모님께서 계십니다. 그리고 진원초등학교는 학

생 수가 적으니까 아무래도 준영이에게 관심을 가져줄 것 같아 전학시켰는데, 교감 선생님께서 준영이를 위해 직접 전화를 해주시니 참 잘 했다는 생각이 듭니다.

교감 : 고맙습니다. 친구 관계는 어떠한가요?

부모 : 처음에는 걱정을 했습니다. 전에는 아침에 학교에 가기를 싫어했는데, 지금은 즐거운 마음으로 학교에 가고 친구들과 어울려 잘 논다는 어머니의 말씀을 들으니 안심이 됩니다.

○수범(2학년, 2004년 4월 19일, 광주○○초등학교)

교감 : 수범이는 진원초등학교에 전학 와서 좋은 점이 있나요?

수범 : 중간놀이하는 게 참 좋아요. 그리고 시화전시회를 하고 엄마와 사진을 찍은 게 재미있었어요.

수범이는 진원에 연고가 없습니다. 부모의 사업 문제로 온 가족이 이곳으로 이사 온 것입니다. 수범이의 어머니와 전화 통화를 했습니다.

교감 : 수범이가 진원초등학교에 전학 와서 좋은 점이 있나요?

부모 : 광주에서 사는 동안 여러 차례 이사를 했기 때문에 친구들과 어울리는 일에 어려움이 있을 것 같아 걱정을 했습니다. 다행스럽게 수범이가 잘 적응하고 있습니다. 또 학교 홈페이지를 들어가 보았는데, 내용이 알차서 교육도 잘 해 줄 것 같은 생각이 들었습니다.

교감 : 수범이는 침착하고 말수가 적으며 공부도 잘하고 있습니다. 수범이를 위해서 부탁하고 싶은 것 있으면 말씀하세요.

부모 : 시험을 국어와 수학 두 과목만 보던데 다른 과목은 안 보나요?

교감 : 학교에서는 필기시험을 1학기 2회, 2학기 2회 실시하는 데, 2학년은 국어와 수학 두 과목을 봅니다. 이번 학기말 평가는 전라남도교육청에서 제공한 문제은행에서 진원초등학교의 형편에 맞게 문항을 수정해서 실시했으며, 다른 과목은 학급적으로 실시합니다.

부모 : 학교 급식당번으로 학부모님들과 접촉도 해야 되는 데 그렇게 하지 못한 점이 아쉽습니다.

이상 학생들과의 면담을 통해 그들이 진원초등학교로 전입한 이유를 확인했는데, 그것은 불가피한 가정 형편도 있었지만 진원초등학교가 공부를 잘 가르친다는 소문이 난 것입니다. 또 전입학생들이 학교생활에 잘 적응한 것도 확인했는데, 이것은 학생들의 기억에 남는 교육활동을 다양하게 펼친 결과였습니다.

진원초등학교는 광주광역시 광산구와는 10분 거리에 위치하고 있어서 교육활동이 부실하면 학생들은 언제라도 떠납니다.

이런 여건을 감안하면 진원초등학교는 학생들의 기초 · 기본 학습능력을 제고하고, 강인한 체력을 기르며, 건전하고 바람직한 생활 태도를 배양하도록 힘써야 합니다. 교육의 내실을 기하고자 합니다. 이것이 교감으로서 내가 할 일입니다.

뜻밖의 선물

수학여행

2004년 10월 6일 출발하는 이번 수학여행은 1박 2일 일정으로 서울의 명소를 둘러보게 됩니다.

이에 앞서 선생님들에게 당부의 말씀을 드립니다.

안전한 수학여행

보통 수학여행이라 하면 5학년이나 6학년 정도 되어야 합니다. 그러나 이번 수학여행의 대상자가 어린 1학년도 포함되어 있으니 안전에 각별한 주의가 요구됩니다. 운행하는 버스가 두 대나 됩니다. 따라서 교통 기관 이용하기, 도로에서 안전 수칙 지키기, 관람 현장에서 질서 지키기, 식사 예절 및 시간 지키기, 복잡한 거리에서 길을 잃지 않도록 안내하기 등 주의를 기울여야 합니다.

특히 아이들이 피곤하지 않도록 세심하게 관리하시기 바랍니다.

목적이 있는 수학여행

수학여행 하면 으레 노는 것이라고 생각하는 경우가 많습니다. 이 행사도 하나의 교육의 일환임을 인식하기 바랍니다.

견학할 행선지에서 배워야 할 내용 즉 역사적 사실 등을 수첩으로 만들어 목적을 가지고 살펴보게 하면 좋겠습니다.

앞으로 찾아가는 행선지가 어디이고 명칭은 무엇이며 거기서 어떤 내용을 견학할 것인지 미리 안내하고, 마친 후에는 보고 들은 것 느낀 것 등을 발표하는 기회를 가진다면 교육적 효과가 있을 것입니다.

학교에 돌아와서는 수학여행에 관하여 글짓기, 그림그리기 등을 실시하면 더욱 알찬 수학여행이 될 것입니다.

은혜를 베푸는 정신 본받기

아시는 바와 같이 이번 수학여행은 서울특별시 강남구 도곡 2동 518-9 경도빌딩 5층에 주소를 둔 (주)ㅇ사트 대표 ㅇ승현님의 초청으로 이루어졌습니다.

진원초등학교는 2004년 2월이 되면 제80회 졸업식이 있습니다. 졸업하신 분 중에는 높은 벼슬에 오르신 분도 있었고, 돈을 많이 벌어서 부자가 된 분도 있지만 수학여행을 주선해 주신 분은 없었습니다.

그런데 진원초등학교를 졸업한 것도 아니요, 공부한 기간도 겨우 2년에 불과한 ㅇ승현님은 아무런 조건 없이 우리에게 선행을 베풀고 있습니다. 이분의 선행을 우리 학생들이 본받았으면 좋겠습니다. 그것을 다짐하는 기회가 된다면 더 좋겠습니다.

선생님, 이번 수학여행은 우리를 찾아온 천사 ㅇ승현님의 선물입니다. 학생들과 선생님 모두가 아름다운 추억을 가득 담아 오는 알찬 수학여행이 되기를 바랍니다. 잘 다녀오세요.

2004년 10월   일

나를 찾아온 천사

㈜○사트 대표 ○승현

태양도 따가운 8월의 나른한 오후였다. 플라타너스의 짙은 그늘 아래 여자 두 분이 자리를 깔고 앉아 책을 읽고 있을 뿐 교정은 한 없이 고요하다. 교무실 의자에 앉아 있으려니 스르르 눈이 감긴다. 그때 '똑똑' 유리창 두드리는 소리가 난다.

"교장 선생님을 만나 뵐 수 있을까요?"
"교장 선생님께서는 안 계시고 제가 교감입니다만……."
그가 내민 명함에는 '○승현'이란 이름과 '㈜○사트 대표'란 직함이 찍혀 있다.
"무슨 일로 오셨는가요?"
나의 물음에 대답은 하지 않고, 학교 홈페이지에 들렸던 이야기, 3학년 때 아버지를 따라 전입했다가 4학년을 마치고 다른 학교로 전출했었다는 이야기, 추운 겨울 날 산정천에서 놀다가 얼음이 깨지는 바람에 물에 빠졌다는 이야기, 아버지 ○상현 선생님께서 정년을 맞아 진원초등학교에서 퇴임했었다는 이야기 등을 늘어놓더니 불쑥 한다는 말이 '무엇이건 학교를 돕겠다.'고 제안했다. 무엇 때문인지 자세히는 모르겠으나 마음을 크게 먹고 찾아온 것이 분명하다.

2학기 개학하는 날, ○승헌님에 대하여 소개하면서 무엇이 필요한지 선생님들의 의견을 물었다.

"컴퓨터와 프린터가 필요합니다."

정보담당 선생님의 요구사항이다. 2004년이면 컴퓨터가 보급되는 시기였기에 학교는 컴퓨터와 프린터에 목말랐다.

"아이들 급식비 좀 지원해달라고 하면 안 될까요?"

유치원을 상대하여 힘겹게 경쟁하는 유치원 교사의 조심스러운 호소였다. 유치원 원아가 부담하는 경비는 급식비와 수업료 두 가지이다. 그렇지만 이것이 유치원 교사의 어깨를 짓누른다.

컴퓨터와 프린터는 그렇다 하더라도 원아 일곱 명의 급식비와 수업료까지 요구하기에는 다소 미안한 생각이 들었다. 결국 이 두 가지가 채택되었다. 나는 그 내용을 이메일로 전달했다. 한 끼니에 1천원하는 급식비와 3개월에 3만여 원하는 수업료의 내역을 낱낱이 밝혀서 보냈다. 놀랍게도 그 달이 지나가기 전에 컴퓨터와 프린터가 도착했고, '유치원 원아의 급식비와 수업료를 보낼 테니 통장 번호를 알려주세요.' 이런 메모지도 함께 들어 있다.

정보담당 ○점숙 선생님의 애로사항이 해결되었고, 유치원 ○양희 선생님의 어깨가 한결 가벼워졌다.

얼마의 시간이 흘렀다. 이분에게서 또 전화가 걸려왔다.

"교감 선생님, 학년별 학생 인원을 알려주세요."

"무슨 일로 그런가요?"

"아이들에게 장난감을 사주고 싶습니다."

"감사합니다. 그러나 그렇게까지 할 필요는 없습니다."

"시골 아이들이라 장난감을 만져볼 기회가 없을 것 같아서 그럽니다."

며칠 후 장난감이 도착했는데, 학년별로 발달 수준에 따라 종류도 다양한 장난감이 수두룩했다. 학생들은 강아지처럼 펄쩍펄쩍 뛰며 야단이 났다.

"학예 발표회에 초청해서 식사라도 대접하면 안 될까요?"

"아, 그래요, 미처 생각하지 못했네요."

학교 운영위원장의 조심스러운 제안을 교장 선생님께서 흔쾌하게 받아주었다. 이것이 또 사건을 만들고 말았다.

"교감 선생님, 사회자로 개그맨을 보내드릴까요?"

이게 무슨 말인가? 개그맨은 아이들에게 우상이다. 그런데 그 개그맨을 보낸다니 꿈같은 이야기다. 그러나 그에게 발표회의 사회를 맡길 수 없다.

"○승현님, 학예 발표회는 어디까지나 교육입니다. 서툴더라도 아이들에게 맡겨야 합니다. 이점 양해해주세요"

조심스럽게 거절했다. 참으로 진땀나는 일이었다.

"그럼, 미용사와 분장사를 보내드리겠습니다."

대부분의 학교에서는 학부모가 분장사를 대신한다. 그러나 이것마저 거절할 수는 없었다. 예의가 아니라는 생각이 들었다.

이날 행사는 오후 2시에 시작된다. 서울에서 내려오는 분을 배려해서 그렇게 정했다. 그러나 분장사 한 명과 미용사 두 명은 오전에 왔고, 개그맨을 대동한 ○승현님은 오후에 도착했다.

행사장으로 들어가는 복도에 사진이 전시되어 있다. 복도의 유리

창을 완전히 가릴 만큼 커다란 사진이 20m 정도 되는 복도의 양쪽에 빽빽하게 걸려 있다. ○승현님의 초청으로 이루어진 수학여행 사진이다.

개회식을 마치고 발표회가 시작되기 전, DVD를 상영했다. 수학여행 중인 아이들의 모습이 담긴 영상물이다. 아이들은 자기의 얼굴이 보일 때면 손을 들어 가리키며 환호했으며, 학부모도 자기 자녀가 보이면 무어라고 하며 좋아했다. 이것도 그분께서 제공한 것이다.

이 날, 학예발표회에 출연한 학생들은 신이 들린 듯했다. 발표가 얼마나 진지했는지 두 시간이나 소요되는 발표 시간이 언제 지나갔는지 모를 정도였다. 프로그램에 출연한 학생들과 지도한 선생님들이 혼연일체가 된 행사였다.

전체 학생 수는 겨우 50여명인데 참석한 학부모는 100명이 넘을 정도로 학예 발표회는 대 성황이었다.

운영위원장은 학부모를 대표하여 ○승현님에게 감사패를 증정하고 장성군의 특산품 사과도 선물했다.

○승현님의 선행은 이후에도 계속되었다. '돈을 쓸 줄도 알아야 한다.'고 하며 학생들의 용돈을 보내와서 학년에 따라 1인당 3만원에서 5만원까지 나누어주었다. 마치 아이들에게 아버지라도 되는 듯하다.

○승현님은 나를 찾아온 천사다.

돌을 주워내고 무성한 가시덩굴을 걷어내는 농부처럼, 척박한 진원 초등학교의 교육 환경에서 눈물겹게 수고하는 나,

학생들이 장차 나라와 고장의 발전에 공헌할 유능한 인재로 자라기를 바라며 교육에 매진하는 나에게,

지혜도 주고 용기도 주려고 찾아온 천사였다.

아이들이 행복한 세상

내가 꿈꾸는 학교

　교장 자격연수를 받을 때, '내가 교장이라면 어떤 학교를 만들까?' 이런 제목으로 과제물을 제출한 일이 있습니다.

　이모저모 생각하던 중에 문득 '행복한 학교를 만들자' 이런 생각이 떠올랐습니다. '학교는 아이들에게 행복한 세상이어야 한다.'는 것입니다.

　내가 지금까지 걸어온 길을 돌아보면 가시밭길이었습니다. 험하고 어둡고 힘들게 살아온 길이었습니다. 친구들이나 동료 교사로부터 따돌림을 당할 때도 있었고, 자포자기하며 지낸 적도 있었습니다. 경제적으로 곤란하여 밥을 굶었던 때도 있었습니다.

　그러다가 교회를 나가기 시작하면서 나는 마음으로부터 변화가 일어났습니다. 점차 세상을 이기는 기회가 찾아왔습니다. 그러면서 순간순간 행복에 젖어들기도 했습니다.

　공부하는 것이나 교육하는 일이 힘들 때에도 참을 수 있었던 것은 지내고 난 후에 찾아오는 행복한 감정이 있었기 때문입니다. 경제적으로 어려움이 닥쳐왔을 때에도 행복한 순간을 생각하면서 견딜 수 있었습니다.

내가 교장으로 근무하는 학교의 아이들도 이런 감정을 경험하면서 공부한다면 좋겠습니다.

나의 꿈, 행복한 학교

학교를 아이들이 행복한 세상으로 만드는 것이 나의 꿈입니다.

학생들은 공부하는 것이 즐거워서 행복한 학교, 선생님들은 날마다 쭉쭉 자라는 학생을 바라볼 때 행복한 학교, 학부모는 아침밥을 먹자마자 학교로 달려가는 자녀로 행복한 학교, 이런 학교를 만들고 싶습니다.

그러나 장담할 수는 없습니다.

'사람이 마음으로 자기의 길을 계획할지라도 그의 걸음을 인도하시는 이는 여호와시니라.'(잠언 16장 9절)

이런 성경 말씀도 있기에 나의 꿈이 하나님의 뜻에 합당하기를 원합니다. 그렇게 되면 진원초등학교에서 그랬던 것처럼 나의 건강도 허락하시고 감당할 지혜도 주시고 필요한 동역자도 보내 주실 것이라 믿습니다.

2005년 3월, 어느 학교에서 근무하건 학교를 아이들이 행복한 세상으로 만들기를 원합니다. 그것이 교장으로 승진한 나의 꿈입니다.

이 소박한 꿈이 아름답게 이루어지기를 원합니다. 그것을 통해 하나님께 영광을 돌릴 수 있기를 소망합니다.

녹현이의 추억 만들기

2002년 야영 · 수련활동

"교감 선생님, 나 야영 못가요."

한쪽 팔에 기브스를 하고 다른 쪽 팔마저 하얀 붕대를 친친 두른 녹현이가 울상입니다.

녹현이는 2조 자랑발표회를 책임진 조장입니다. 점심시간이면 운동장 건너편 나무 그늘에서 아이들과 노래를 부르고 악기 연주를 하고 음악에 맞추어 율동도 하면서 연습에 열중했습니다.

녹현이는 또 전교 어린이회장으로 개영식과 폐영식의 사회를 맡았습니다. 자랑발표회까지 주관하며 감당해야 할 일이 많습니다. 그런데 팔을 다쳐서 몹시 아쉬웠나 봅니다. 충분히 이해가 됩니다.

야영 · 수련활동은 학생들의 자기 주도적 능력을 배양하기에 아주 좋은 교육활동입니다. 그래서 식단을 짜고 조리 기구를 준비하고 식품을 마련하는 등 밥해먹기와 자랑 발표회 곧 발표할 종목을 선정하고 연습하기와 소품 준비하기, 당일 발표의 순서를 정하고 행사 진행하기 등을 학생들에게 일임했습니다.

그렇다고 선생님들이 손을 놓고 있는 것은 아닙니다. 매일 일정한 시간을 이용하여 준비 상황을 점검하고, 부족한 것이 있으면 스스로 보완하도록 안내합니다.

저녁식사를 마쳤습니다. 야영장의 한쪽 가운데 장작을 쌓으며 모닥불 놀이를 준비하는 데, 녹현이가 왔습니다. 운영위원장인 아버지를 따라서 왔습니다.

모닥불 놀이가 진행되는 동안 아버지 곁에서 바라만 보고 있던 녹현이가 언제부터인가 아이들과 어울리고 있습니다, 아프리카 토인들이 추는 춤도 추고 사진도 찍었습니다.

순서에 따라 자랑 발표회 시간이 되었습니다. 사회자의 지시에 따라 동요 부르기, 리코더와 멜로디언 및 단소 연주, 챈트와 꽁트 등 다양한 내용의 발표가 순조롭게 진행되었습니다. 이 시간의 하이라이트는 율동이었습니다.

'짠짠 짜라빠빠, 짠짠 짜라짜라 짜안~~'

멜로디가 퍼지고 아이들이 나와서 율동을 했습니다. 그런데 이상한 것은 율동이 끝나지 않습니다. 1조가 발표하고 2조도 나와서 발표합니다. 조별로 경쟁하듯 공연이 되풀이되었습니다. 그런데 하얀 붕대를 두른 팔이 좌우로 흔들리고 있습니다. 아프다고 엄살을 부리던 그 녹현이가 나와서 율동을 하고 있습니다. 마치 잃어버린 시간을 보상받으려는 듯 신나게 흔듭니다. 자랑발표회가 끝났습니다.

"녹현아 가자." / "아빠! 나, 자고 갈래요."

아무래도 서운했는지 녹현이는 선생님에게 요청합니다.

"선생님, 한 번 더 해요."

'♩ ♪ ♫ 짠짠 짜라 빠빠 ♩ ♪ ♫ 짠짠 짜라짜라 짜안~~'

또 다시 노랫가락이 울려 퍼집니다. 이번의 야영·수련활동이 초등학교에서 마지막인 것을 의식한 듯 녹현이는 하얀 붕대가 친친 감긴 팔을 높이 들어 흔들면서 아름다운 추억을 만들고 있습니다.

깊어가는 6월의 밤하늘에 반짝반짝 별이 빛납니다.

귀여운 친구, 다영이

2003년 가을 소풍

"교감 선생님, 우리 청룡열차 타러 가요."

10월 17일, 패밀리 랜드로 소풍을 갔습니다. 교무 선생님의 지시가 끝나자 학생들은 놀이기구를 타러 뿔뿔이 흩어졌습니다. 선생님들도 학부모들도 기능직 아저씨마저 순식간에 사라졌습니다. 내 옆에는 아무도 없습니다.

초등학교에는 교직원도 있고 학생들도 많지만 교감은 평소에 외롭습니다. 출근한 선생님들은 학생들이 있는 교실로 들어가고 교장선생님께서는 작업복으로 갈아입고 밖으로 나가십니다. 기능직 아저씨와 함께 화단에서 꽃을 가꾸고 실습지에서 채소를 재배합니다. 서로 말동무가 됩니다.

그러나 교감이 근무하는 교무실에는 대화를 나눌 사람이 없습니다. 간혹 전화를 받거나 결재하는 선생님과 몇 마디 말을 나누어도 늘 혼자 있습니다. 그래서 외롭습니다, 오늘처럼 소풍을 갔을 때에는 더욱 더 그렇습니다.

주변을 둘러보니 넓은 마당에 덩그러니 나 혼자 서 있습니다. 갑자기 외로움이 느껴지면서 옛날이 그리워졌습니다.

높다란 바위 위에 올라가서 멋진 폼을 잡고 사진을 찍던 여학생, 가슴을 젖히면서 '나는 왕이다!'라고 목소리를 높이던 남학생, 제법 스텝을 밟으며 발레를 흉내 낸 4학년 남학생, 태권도 시범을 보이던 3학년 학생들, 음악에 맞추어 율동을 선보인 여학생들, 전래동화 '토끼와 거북이'를 짧은 동극으로 꾸민 남학생들, 멜로디언 혹은 리코더 연주, 독창 등 갖가지 재주를 선보이던, 당시 교사로서 내가 담당했던 학생들의 모습이 눈앞에 그려졌습니다.

우두커니 서서 상념에 젖어 있는 나에게 1학년 O다영이가 찾아 왔습니다. 유치원을 졸업할 때 답사를 낭독했던 그 다영이입니다. 무척 반갑습니다. 다영이는 고사리 같은 손을 내밀어 나를 이끌었고, 나는 설레는 마음으로 청룡열차에 올라탔습니다. 열차가 천천히 솟아올랐다가 매우 빠른 속도로 내달리자 숨이 막히는 듯 했습니다. 거꾸로 엎어지고 뒤집어질 때에는 짜릿하면서도 무서운 기분이 들었습니다.

다음에는 귀신의 집으로 들어갔습니다. 어두컴컴한 통로에는 귀신이 금방 나타날 것만 같습니다. 발바닥에 무엇인가 걸리기도 하고, 이상한 물체가 흔들흔들 하였으며, 무서운 모습으로 분장한 허수아비가 이곳저곳에 서 있습니다. 그럴 때마다 소름이 끼치고 몸이 오싹해 졌습니다. 하얀 옷을 입고 머리를 풀어 헤친 여자 귀신이 팔을 벌리고 우리 앞으로 달려들었습니다. 다영이는 외마디 소리를 지르더니 내 팔을 꽉 붙잡았습니다.

다영이 덕분에 오늘 소풍은 즐거웠습니다. 이렇게 보면 학교는 학생 뿐 만 아니라 교감에게도 행복한 세상입니다.

귀여운 꼬마 친구. 다영아 ~! 고마워.